熱血洗髮精

GO SHAMPOO

作者序

大疫後時代，大家或多或少心裡都破了一個洞。

無論是心愛的人事物開始被積極也消極地瘋狂思念，還是心裡那股鬱悶與焦慮拔山倒樹而來，我們都被確診為「很不爽不然要怎樣症候群」。

即便那樣地無奈，或是這樣地賭爛，但是因為世界曾經很可愛，我們都希望熬過這一個浪頭後，陽光依舊燦爛，世界還是可以一直可愛下去，那麼，除了疫苗酒精和口罩，我們勢必還需要些什麼。

既然我唱不出療癒的歌曲，也常投不進那顆絕殺球，但至少我可以寫出一部搞笑的小說，讓幽默流到你的心裡，這個故事就是在這樣的心情下創作出來的。

而我也意外發現，在過去的小說創作經驗上，寫行屍寫搖滾寫悲傷，我可以輕易地娓娓道來長篇大論，然而寫搞笑卻是除了字斟句酌之外，還要特意營造出爆笑的心境才能投入寫作，很容易內傷，是相當辛苦地一次創作經驗啊！

而字裡行間的白爛就跟真實的日常一樣愚蠢而荒謬，但是我們總是可以發現些什麼，然後讓嘴角失守。

　　希望這個故事可以為任何痛苦過的靈魂獻上一波涼爽的輕鬆，一切的一切都是為了博君一笑。

　　謝謝所有生活中給予我搞笑靈感的好朋友，也謝謝你，發現了這本書。

　　大疫後時代，我們需要的是，黑色的瓶身，紅色的壓頭，特殊添加幸運成分。

　　輕輕一壓，熱血洗髮精！

CONTENTS 目錄

這是一個很平常的一天，一開始一如往常。

我是阿虐，名字聽起來很暴力，但是長相看起來很抱歉。

就是那種，抱歉，我長得很普通，普通到一個極致的路人系系學會會長，走在路上，無法賞心悅目而讓你停下腳步，但是也沒有醜到像怪物讓你猛然卻步。

手機開始響起鬧鐘，早上醒來睡眼惺忪，要避免下床氣，鬧鐘的聲響必須溫柔，沒錯，鬧鐘就是五月天的歌曲〈溫柔〉：不知道不明瞭不想要為什麼～我的心～！

隨著歌詞節奏，不甘願不情願不想要的離開～我的～床，我用輕薄的靈魂拖著沉重的身軀往床尾走去。

手機插在離床尾有兩步距離的衣櫃底下插座，這樣的「故意」，純粹有兩個功能，一是我必須起身走過去才能解除鬧鐘的聲響，走過去的過程就是逼迫自己起床的方法，二是自從讀了一些報導之後，了解 Wi-Fi 以及手機訊號的電磁波很強，要是手機放在床頭，似乎會造成睡眠品質不好、情緒暴躁、或是腦部發生病變等等，我就不敢把手機放在自己腦袋旁邊太久。

每每想到這電磁波理論，我就想起以前大學有位光頭老師，因為當所有的媒體與科學研究都說電磁波對人體有傷害時，光頭老師卻在課堂上大呼：「那都是屁眼人的！」

你可能會覺得為人師表為何說話會如此呢？其實他是說話比較用力，發音稍微不太標準，「騙人！」這兩個字念慢一點，念用力一點，聽起來就是「屁～眼，人！」

「電磁波有傷害嗎？屁～眼人的啦！那你想想，人家都

說吹風機電磁波超強，那洗頭小妹每天拿著吹風機在用，她們會是腦瘤高風險群嗎？她們有生什麼病嗎？他媽的一個都比一個長得還漂亮呢！」

光頭老師因為說話豪邁，被我們默默地冠上「傑森史塔『神』」這外號，也有同學咬耳朵偷偷講：「你知道他在氣什麼嗎？因為光頭不需要用到吹風機呀！」

而關於這一點，我正在追求的女神阿黛常常反駁：「既然手機電磁波會影響身體，那你幹嘛一直把手機放在口袋裡，你不怕你老二出現問題嗎？」

討論到下半身，男生不知道為何總是喜歡吹噓，而鄉民們也總是能夠有 30 公分，我也不自覺就貧嘴。

我笑笑地告訴她：「就是特意要這樣啊，我怕我太強太旺盛，需要電磁波『壓』一下嘛，你知道很多男生不敢抽涼菸，因為聽說涼菸抽多會不舉，所以太旺盛的男生就故意去抽一下涼菸，平衡一下啊，雖然我不抽煙，但是……」

還沒說完，阿黛對我翻了白眼。

想到女神大人白眼看我的寒意與涵義，我就徹底清醒了。

我常試想，阿虐要是哪天真的可以娶了阿黛，就是「虐待」嘛！我果然是個哪裡有困難就往哪裡去的勇者。

按掉手機鬧鐘，我倒退兩步坐回床鋪上，心裡有股強大的意念，好想側躺下去就盡情昏迷的衝動，但是一想起自己好歹也是個成功的上班族人士，再想想下個月房租還是要繳，加上無止盡雪片般飛來的帳單們，我好有奴性地，不，是好有志氣地起床了，我真是太佩服我自己了，長得很抱歉，依然可以帥醒，披荊斬棘的勇者是該如此。

簡單梳洗後出門，我移動到租屋處的 B3 地下室牽車，說到車，30 好幾了，也該擁有一台像樣的車了，按了手上遙控器之後，車子發出聲音，一台車頭有著惡魔三叉戟的瑪莎拉蒂，車燈閃了兩下，車體乾淨沉著到發亮，好像一隻桀驁不遜的高雅猛獸。

而這個畫面當然是從來沒有發生過。

我皺著眉頭，收好晾在車上的雨衣，塞進車廂，這台白色的 SYM GR125 機車，是我唯一的交通工具，好歹也是白色的，至少我是白馬王子（工程師常穿的白色 POLO 衫），騎著潔白無瑕的神駒（上面滿滿刮痕），然後戴上武士之頭盔（活性炭口罩加上全罩安全帽），往公司奔去。

看看手上的錶：「Shit！快遲到了！」

又是一個忙碌的上班時間，一如往常。

在會議中，大家熱烈地討論著一個品質問題，會議室桌上放著一具八爪魚電話機，用來擴音與收音。

會議室嘰嘰喳喳時，話機那頭也是吱吱擦擦（訊號不良的雜音），八爪魚上方有個紅色的燈光，那代表目前這一頭按了靜音，電話的那一頭是聽不到我們現在的對話的，八爪章魚哥身上通著電，努力聯繫著兩端，兩端各懷鬼胎。

電話會議的另一頭是捲著舌的大陸口音：「關於領導剛剛所提到的這個部分，肯定是激光把產品給射壞了！您能理解我說的嗎？」

八爪魚上紅色燈光轉綠，這一頭停止了討論，我的主管艾力克斯開口了：「什麼激光？是雷射！是雷射打壞的

嗎？跟雷射無關吧？是工程師的問題，雷射不會自己打壞，難道是雷射叫工程師打壞的嗎？莫名其妙！」

「領導，你可不可以再說一次，剛剛電話不清楚，我們不理解。」

「好了，我不想再說了，哪一位跟祕書說一下，這電話訊號太爛啦，要我講幾遍啊，修一修好不好，真是爛透了！爛透了！」

「領導，你怎麼罵人呢？我們也是實話實說，怎麼說人爛，講一遍就夠傷人了，你還要多講幾遍呢！」

「俺聽不清楚啊，不只是產品，連電話都給激光打壞了吧！」另一位大陸同仁積極附和著。

「吱吱……」八爪章魚哥開始被電流附身，發出言不及義的聲音。

我在會議室門外立正站了兩分鐘，聽到了裡面的火藥味，實在是不想進去面對，但是再不進去只會顯得我遲到更久，會議結束前都沒出現，我就真的是該被說是爛人了。

順手抓了隔壁會議室的電話機，我開了門走進去。

我鼓起勇氣，刻意將聲音拉低保持冷靜：「艾力克斯，我們換一台話機吧！」

「激光同仁們，電話不清楚，我們再打一次啊，稍等我一下，換一台電話應該會給力一些。」

「嘟……嘟……嘟……」撥通了。

此刻我要非常進入狀況呀！

我一臉專業的說：「早上好，我說明一下，艾力克斯說的是電話機很爛，不是在講你們呀，你們特牛逼的，一下就知道是激

光問題，我們這兒管叫雷射，昨天我發出來的郵件中有說明了，是設備故障了，造成雷射焊接的功能失常，負責的工程師已經有聯繫廠商來檢修了……」

不知道哪來的神力，明明還沒吃早餐，口乾還舌燥，我卻已經連珠炮似地說了一堆話，當我說完時，我緩緩望向艾力克斯，準備面對被罵的衝擊。

我額頭上似乎有滴冷汗冒出來，我看著艾力克斯皺著眉頭的臉，再緩緩瞄上他發亮的頭頂，突然我又想起了過往那位老師，傑森史塔神。

男人腦袋中杏仁核放空時，自然表情會有點癡呆，嘴巴微微張開，要是艾力克斯再不說話，我就要進入放空的冥想狀態了。

『傑森史塔神此刻不要來啊！不要～不要呀～！』

我再也忍不住了，在這緊張氣氛下，一陣莫名的好笑，想起光頭老師，腦海裡一陣「屁～眼人！」忍不住嘴角微微上揚，因為再不稍微釋放一絲絲能量，我就要噗哧地大笑出來了。

「幹得好！會議就開到這兒，阿虐，這個 issue 就你繼續接手追蹤吧。」艾力克斯說完就起身要離開會議室，與我擦肩而過時，還拍了拍我的肩膀。

我果真是個值得信任，有肩膀的成功上班族人士啊！

會議室另外五個同仁都傻眼地看著我，表情都是看到鬼的驚恐。

「阿虐，你真是帶種，老闆發怒你還敢插話。」

「不過……為什麼艾力克斯氣消了？」

　　向來被罵的都是我，今天遲到原本想說一定死定了，但是到底哪裡來的神力竟然讓我迎刃而解，平凡的一天好像有點不凡，今天真是我的幸運日呀，哈哈哈哈！

顆顆級別

Kēkē Lēvēl

02

—— 切都變了！不平凡的每一天。

自從激光事件後，一如不再往常，我的人生開始不斷地發亮，並非傑森史塔神的頭頂光亮，而是打從骨子裡曖曖內含光地透出神采。

不知道持續多少天了，鬧鐘還沒響，我就被夢想叫醒。

我夢裡面就出現阿黛把我吻醒，她拿著一杯很香濃的咖啡在我耳邊說：「小虐虐，早餐準備好囉，小紅莓有一張專輯叫做〈醒來聞到咖啡香〉，怎麼樣？咖啡有沒有很香啊？有沒有跟我一樣香啊？」

阿黛溫柔地對著我笑，竟然還穿著一身女僕裝，模樣好看極了，那對被緊實衣服包覆住而隱約出現的乳溝，還有那水汪汪地大眼睛。

我揉揉眼睛，真不敢相信。

果真不能相信，鬧鐘聲響硬是把我從夢境拉了出來面對現實，啊！一天如果睡八小時，那現實就有十六小時，好希望可以顛倒過來，睡十六小時多好啊！

可能夢得還不錯，騎著白馬機車時，我一催油門還自顧自地喊了一聲：「駕！」

每催一次就駕一次，駕！駕！駕！

像騎馬一樣風塵僕僕地騎到公司後，竟然還有時間讓我不疾不徐地把路邊買的鮪魚蛋餅啃食下去，好像持續一週了吧，早起的鳥兒有鮪魚吃。

這天打開電腦後發現一封郵件，新的人事命令已經生效，我升遷了，我竟然變成課長級別的工程師了，差一點嘴裡鮪魚復活，從嘴中爆射出來，啊，我離瑪莎拉蒂又更

近一步了啊。

　　這代表我已經脫離了一般顆顆工程師，是個課級的了，其實我也沒完全懂這是什麼意思，課長級別的工程師，又不是課長，是課長級別，還是一個工程師？總之我不是菜鳥工程師了，我不用再流著口水傻傻笑顆顆這樣了。

　　艾力克斯剛好走到我身邊對我說：「喔，是蛋餅呀，我也很愛吃蛋餅呢。」

　　我內心想：『假如吃蛋餅吃十年後頭髮會像你一樣禿，那我再也不吃了！』

　　「好好幹，你最近表現非常好，繼續保持下去，可惜聽說你有喜歡的女生了，不然我真想把我女兒介紹給你。」說完往我肩膀拍了兩下就走了。

　　鮪魚確實復活，有一口被我噴到眼前的電腦螢幕上，因為曾經看過照片，主管的女兒實在跟他長太像了，簡直就是女版的艾力克斯啊，嚇死我了！

　　話說到底是發生什麼事，再笨如我也是會分析一番的。

　　一直以來我都大吃燴飯，想咬不斷，喔，不，是大錯會犯、小錯不斷。

　　能夠在及格邊緣低空飛過，長年遲到如我，不要被裁員就萬幸了，最近到底發生什麼事，連騎機車好像都不太會遇到紅燈，明明努力程度一樣，怎麼最近寫的報告老闆都非常喜歡呀，到底怎麼了？

　　最近沒生病吃藥，倒是那天聖誕節與死黨們交換禮物，我換到了一瓶超涼洗髮精，時間算一下，激光事件那天的前一晚，就是我用那洗髮精的第一天。

整瓶都是黑色的瓶身，紅色的壓頭，那牌子倒是沒聽過，看起來也頗為普通，說哪裡特別的話，只能說這洗髮精特別涼，洗完會感覺到冷呢！那香味是茶樹精油嗎？

難道「冰雪聰明」就是這個樣子？

越想越奇怪，我走向公司福利社，正想買瓶飲料喝喝。

發現福利社今天也非常奇怪，竟然有星巴克的促銷活動，這也太奇怪了，來這邊工作這麼多年，還沒看過星巴克來這辦活動，另外也難得看到福利社的老闆一直傻呼呼地笑著，平常結帳時他都是臭臉啊。

畢竟有幾位穿著星巴克顏色造型的 Show Girl 在那邊招待大家試喝，標準星巴克的綠色，在那短到不行的迷你裙上耀眼著，任何男人都會傻呼呼地笑出來，我也驚覺我的嘴角也早就失守上揚了，自己尷尬地趕快裝作嚴肅，手背在身後，將步伐調整慢一些，好歹我也是課長級別的工程師了呢！

讓課長級別工程師走過去一探究竟。

「恭喜您！您是我們咖啡生活推廣活動的第一萬位顧客！您可以獲得一年份免費喝星巴克的 VIP 卡片！」一位笑容可掬的小姐對著我點頭說道，我發現這一位小姐長得很像三上悠亞。

「一年份？就是可以喝 365 杯嗎？但是我剛走進來，我什麼也沒做啊？」我也納悶著，為什麼三上悠亞的中文會這麼好？啊！斯勾以捏！

「喔！我們活動就是計算走進咖啡生活推廣攤位消費的人數即可，所以只要您購買超過一塊錢的商品，就可以獲得這第一萬位客戶的 VIP 獎！」三上悠亞親切又機械式的說明，彷

佛她已經說這台詞一萬遍了。

「星巴克哪有一塊錢的商品啊？」我越想越懷疑，但是又要故作鎮定的回覆，好歹我也是課長級別的工程師了呢！身旁的阿宅工程師們都對我投以羨慕的眼光，還嫉妒地啊啊叫，難不成他們以為現在是 SOD 拍片現場？

「您真是太幸運了！今天剛好有促銷活動，這一盒星巴克蛋捲就只要一塊錢，而且我們還會把這一塊錢的 50% 捐給公益。」三上悠亞溫柔地說著：「所以您要買蛋捲嗎？」

50% 捐公益？那不就只有五角？突然之間，五角（50 cent）的饒舌歌曲彷彿緩緩從背景冒出來。

「啊⋯⋯那⋯⋯我要一杯拿提，謝謝！」哼，一塊錢，別瞧不起人了，我那麼寒酸嗎？好歹我是課長級別的工程師了呢！顆顆。

就這樣，我拿著一杯咖啡，還有一張代表 365 杯的 VIP 卡離開了福利社，我想這一張 VIP 卡，喜歡喝星巴克的阿黛看到一定會樂翻天啊，離開前我還回頭瞄了一下福利社老闆，發現他還是傻呼呼地笑著，不只是嘴角上揚，還對我挑了眉。

我雞皮疙瘩突然掉一地。

我也在當下決定，回家一定要翻找一下三上悠亞的愛情動作片來安撫自己這麼突然地情緒。

Lakě Fôrmôla

幸運配方

03

其實平凡久了，突然有點小確幸是滿好的，但是這陣子實在太不可思議，不只是 VIP 獎，更別提我前一天對統一發票號碼，就中了兩張一千元的發票。

兩張一千元，這也太扯，平常有一張兩百塊的就可以偷笑了說。

難道這是實境秀嗎？這是整人節目嗎？還是說我乃人中之龍，是時候要浩然正氣直衝雲霄，好運無法擋了嗎？

生活與過往不同的地方，我想就是那瓶洗髮精了，所以下班後，我直奔回家，就只想好好看看那瓶洗髮精。

回家後，我仔細觀察那瓶洗髮精，黑色的瓶身，紅色的壓頭，仔細看成分，就是那一大堆化學物質的名稱，但是發現一個單字特別突兀，「Lucky Powder」，幸運粉？哈！還好從小就學英文的我，閱讀力驚人啊！

而這些說明的右下角更有一小行斜體字，上面寫著「添加特殊幸運成分，讓你的人生更進階！」

我把洗髮精高舉了起來，要是現在有個岩石高台，我就可以像捧著獅子王辛巴那樣，把它高舉，後面再加個激昂的交響樂，那就太厲害了。

我想我的人生要變幸運了，原來這一切都有原因，這樣的洗髮精實在太厲害了！

聖誕節交換禮物那天，這洗髮精是大學死黨華仔帶來的，既然如此，我趕緊打電話去詢問華仔，這樣的洗髮精絕對不能斷貨啊，再來給我十箱，我拿星巴克 VIP 卡跟你換都行。

「您撥的電話已暫停使用，請查明後再撥，謝謝。」

話筒中傳來驚人的訊息，我的死黨難道搞消失？難道他掌握了這幸運成分的秘訣嗎？天啊，LINE 也不回，我連臉書的 Messenger 都試了也沒有回應。

　　他這瓶洗髮精到底從哪裡來的啊？我得趕緊找到他，一定跟他買個十箱回家囤，不，需要一個貨櫃，或是一整個倉庫，我的人生都需要它！

　　以前學生時代聽說那些賀寶芙、安麗傳直銷活動要會員自購囤貨，說什麼人生可以更進階，這次，終於是我人生主動囤貨的一次啦，為了讓人生進階，再貴也要買。

　　華仔家的位置我似乎還有印象，之前一起打完籃球後要去吃宵夜，但因為我們兩個傻瓜都沒帶錢出門，而他家比較近，所以我們就到他家先拿錢，那條路好像叫做「游泳路」，記得他家開的雜貨店也在附近。

　　會這麼好記不是因為游泳，而是死黨最大嗜好就是打麻將，「桌上游泳」這關聯式記憶法，哈哈，右腦圖像那什麼快速記憶法都要輸給我哩！

　　我騎著白色機車，用騎士出任務的姿態火速殺去游泳路，就算現在你要我用蝶式游過去我都願意啊，一邊騎還一邊想到以前電視看到的右腦圖像學英文廣告，袋鼠迷路時會看個路，「看個路」就是「Kangaroo」，我嘴角失守了，太好笑了，這種記憶法，怎麼可能會忘，我邊騎邊看路，尋找游泳路。

　　我驅車奔馳，身體還微微向前傾，Looking forward 就不過如此，沒想到我的人生竟然會為了洗髮精這樣的熱血拚命，至少這證明我的人生是正面積極的。

　　記得曾經聽過香港的兩人組合 My Little Airport 有首歌名很

有意思，叫作〈在動物園散步才是正經事〉，這時候真想大喊，衝去買洗髮精囤貨才是正經事啊！

好歹我也是課長級別……顆顆顆。

騎到游泳路，讓我大吃一驚，空氣中的粉塵也讓我大吃一斤，這邊全部都在施工，我那死黨的家早就被工地包圍起來了，Shit！該不會搬走了？

我看到一旁一個小攤販正在賣煙燻滷味，那冒出來的煙跟空氣中的粉塵混在一起，滷味上面的，是胡椒還是灰塵也分不清了，但也管不了那麼多了，趕緊過去問一下老闆娘。

「老闆娘，請問一下旁邊這個是在蓋大樓嗎？」

「喔，這邊要飆漲哩，遠熊通通買去了唷，這邊的房子、土地通通被高價收購走了，哈哈哈哈，我在這邊的房子也是啊，哈哈哈哈……」老闆娘的笑聲相當爽朗。

「老闆娘恭喜妳耶，賺很多那幹嘛還要擺攤，不休息嗎？」

「哈哈哈，小夥子，我看你很投緣，我就跟你說吧，錢唷，絕對是不嫌多的啦，哈哈哈……我這滷味很好吃呢，要是我休息，很多客人吃不到會抱怨啦，我現在是做功德的啦。」

「那不然，跟妳買一份吃吃看。」電影裡面的特務到酒吧打聽消息都會塞些鈔票打通關，我買一份粉塵滷味取得情報也不為過吧。

「小夥子，看你這樣投緣，我連女兒都想介紹給你了，請你吃啦，盡量拿。」

這……這一定是洗髮精的威力，連隨便搭訕的歐巴桑都要把女兒許配給我了，可見這洗髮精實在太強大了，強大到連華仔的家都被炒地皮高漲了，他一定是一直洗這洗髮精啊，

竟然洗成這樣，難怪前陣子他打籃球有夠準的……可惡！偏偏現在又找不到他人。

而且，他一定是庫存太多，才會在聖誕節拿一瓶出來交換禮物的，想到這裡更是嫉妒啊，媽的。

「老闆娘，妳真愛開玩笑啊，不過我想妳女兒一定長得很漂亮啊，一定是像媽媽。」

「啊哠，少年仔，真會說話，哈哈哈哈，請你吃請你吃，盡量拿。」

「我再問你一下，妳有認識鄰居是很愛打麻將的嗎？我在找我的朋友啊，我想說妳有沒有可能妳剛好也認識他？」

「打麻將？哈哈哈，我也很愛打麻將啊，我晚上都天天打啊，你看看我們這條叫什麼路，游泳路不是叫假的耶，哈哈哈哈，搞不好你朋友有跟我打過哠。」

我比手畫腳的努力把死黨的面容與模樣形容給老闆娘聽，為了要模仿華仔，我竟然在攤位前模仿了華仔模仿劉德華的樣子，當我嘎嘎嘎地笑出招牌華仔的笑聲時，老闆娘終於說出了恐怖的情報。

「你說的是那個家裡開雜貨店的華仔嘛，可惜他不喜歡我女兒，唉，也不知道為什麼，他以前牌技很差滴，前陣子好像莫其妙變強，竟然還有一次天胡，好像財神爺都站在他身後，我猜哠，他應該是中樂透了，聽說他已經跑到馬達加斯加了……聯絡不到了啦……」

「馬達加斯加？你說的是……那個……那個 I like to move it！move it！的馬達加斯加嗎？」一邊說我的腰還不自覺地稍微扭動。

「哈哈哈哈，小夥子你好幽默唷，你唱的跟那卡通一樣嘛，哈哈哈！這包滷味請你吃啦，粉腸最好吃了，是我們的招牌唷，吃粉腸，氣色粉嫩粉嫩啦。」

馬達加斯加？這在哪裡啊？真的有這個地方嗎？慘了，洗髮精要是用完了，我要去哪裡找啊？華仔，你在哪裡？

三萬五千英呎

04

Flat High

自從使用了這洗髮精之後，何止幸運，更多了許多戲劇化的情況，簡直是心想事成。

來不及尋找華仔，來不及繼續尋找洗髮精來源，現在的我竟然正喝著紅酒，在三萬五千英呎高的高空中，沒錯，我在飛機上，飛往日本。

發生什麼事，就讓我娓娓道來。

除了升官、**VIP** 獎還有中發票之外，我突然冒出好想去日本玩的想法，而且我深信有了這洗髮精，幸運一定是超越國界的，在國外超幸運是怎麼一回事呢？我想著想著，想到都要偷笑了。

會不會在日本街道上扶老太太過馬路，然後老太太深受感動，開始說到她的子女都棄她於不顧，還不如我這異國的陌生人這麼溫暖地對待她，因此決定把遺產留給我，座落在京都小鎮上的居酒屋要給我繼承之外，另外在東京和大阪都有收租的店面，甚至家裡還有養幾隻柴犬，是那種東洋風貌的大別墅，然後有大院子，院子還有厲害的松樹盆栽，再來就是大院子的圍牆，圍牆上要開洞，然後柴犬們就會把頭放在洞口探頭出去的逗趣畫面啊……

所以我才在思考，該怎麼請假？因為最近工作似乎都有重要行程，而且好想帶阿黛一起去玩，不知道她會願意跟我一起出國玩嗎？要過夜耶，那不就要一起睡一張床，天啊！要是我開口問她，她會不會誤會我是為了要跟她一起過夜所以才想找她出國玩的呢？假如她答應了，那是因為答應要跟我一起出國玩，還是也間接答應了要跟我一起過夜啊，啊……

還在思考這計劃的可行性，艾力克斯突然就找我去辦公室談話，一臉緊急嚴肅的模樣。

「我們要從日本引進的設備，要加速購買的流程，現在有個緊急的工作需要你幫忙！」

「嗯？那應該是洽購的任務啊，我能幫什麼忙？」我一副裝模作樣的故作鎮定，但是內心其實有了個底，該不會就是這麼幸運吧，心想會事成，我該不會要去日本出差了吧，有了這洗髮精，走在路上不小心撿到 iPhone 都是正常發揮啊。

「我們需要有人過去廠商那邊驗收機台，派小工程師去，大老闆不同意，而派管理層主管的話，大老闆又認為驗收這種細節，主管不熟悉，所以剛剛開會結論是，大老闆說要課長級別的工程師才恰當，那剛好就是你了。」

顆顆，天助我也，我他媽的剛剛好就是你們所謂的課長級別工程師啊！

我表情故作鎮定，接著緩緩露出些許好奇：「我？但是我這週手邊有很多重要行程耶，客戶要來稽核，還有……」

艾力克斯馬上打斷我：「那些都別擔心了，這些工作我會安排給其他人協助，驗收這件事很緊急，是明天早上就要飛了，真的需要你飛一趟，代理商這邊也會出一位業務當翻譯，你沒問題吧？」

當然沒問題，而且那些狗屁稽核的煩人事竟然都可以馬上丟給別人，當然好啊，心想事成，馬上免費去日本，只是可惜這是出差，而不是去旅遊，那約阿黛出國這選項就沒了，不過想一想，突然要去日本出差，這件事讓我在阿黛面前炫耀起來，感覺真是挺有面子的啊，哈哈，萬中選一，人中之龍啦。

就這樣夢幻，我就上了三萬五千英呎的高空，而且因為太臨時機票不好買，公司只訂到了頭等艙，天啊，天助我也。

人生第一次搭頭等艙就算了，這段飛行時間還有薪水入帳，假如待會我在飛機上的廁所拉坨屎，那麼我就是在飛機上拉屎都有錢賺的超強上班族啊，呼！我也太奢侈了吧，我舉著紅酒杯，剛好跟旁邊的代理商業務李桑眼神對上，彼此互相點頭示意，微笑間，我盡力克制自己的笑容，希望沒有笑得很囂張。

　　李桑對我總是相當客氣，我跟他說叫我阿虐就可以了，但是他偏偏要叫我虐桑，反正只要跟日本公司扯上關係，似乎在男人名字後面，都要加個尊敬的桑，難道這樣我們才能夠鬆～鬆鬆嗎？

　　不知道是不是因為頭等艙的尊榮感受，總覺得空中小姐看我的眼神都不一樣了，原來人要優雅，錢疊一疊，就疊到了優雅層級，唉，真是膚淺，騙吃騙吃，我都虛心接受，只好不得已地優雅了起來，從窗戶往外望去，看到自己在雲層之上，啊，這就是金字塔頂端的感受嗎？

　　到了日本，廠商派業務來接應我們，從機場的接送到下塌飯店，都是超高規格的，那車子像是給藝人搭的那種大型保母車，司機穿西裝就算了，耳朵還戴著那種像是特勤局幹員的耳機，我這輩子從沒感覺到自己可以這麼重要啊，好像突然有人開槍掃射，這些人會為我擋子彈一樣。

　　然後進到飯店也是誇張，房間裡面竟然有一隻無尾熊，不是玩偶，而是真的無尾熊，就掛在那超大的盆栽樹上，而我已經無法用言語形容那些裝潢的奢華，還是凡夫俗子的我，也只能狂拍照紀念，房間裡有無尾熊這件事可以讓我炫耀好久了吧。

　　我實在受寵若驚，但是這應該是洗髮精能力的正常發揮，

我應該要漸漸習慣才是，我這次也特別分裝了一小瓶出差時使用，要來好好體驗日本的幸運之旅。

畢竟是緊急的任務，在飯店稍作休息後，身為代表公司的課長級別工程師，下午我就馬上趕去廠商那邊驗收機台，其實機台相當精密與強大，自動化操作與數據的收集系統讓驗收過程相當順遂與容易，而之所以會需要這到場驗收的動作，全是為了遵照公司制式的採購設備程序，而接待規格這麼高，是因為這一台設備動輒幾千萬，而且公司策略性畫了大餅，說什麼如果設備好用，未來可能會買很多很多台，這樣的潛在商機，讓廠商相當重視。

其實過往出國出差的經驗向來是辛苦的、勞累的，但是以客戶的身分來出差，這件事真是妙不可言，很順利度過驗收的過程，跟廠商代表又開了一些會議後，基本上所有公司交辦的事項我都完成了，所以工作完畢後就被日本業務帶去吃了 A5 和牛燒烤，我的天啊，肉怎麼可以嫩成這樣，入口即化，我才明白為什麼這叫 A5，因為日本人每次很驚訝時都會喊「欸～！」，超級驚訝地好吃，當然就是欸欸欸欸欸！五個欸！

然後更扯的是，因為日本廠商跟迪士尼有深度交情，一位日本業務酒後太嗨，竟然就這樣臨時起意的，帶我們殺去迪士尼樂園看煙火秀。

到達迪士尼樂園之後，不知道廠商到底哪來的魔法跟手段，竟然有個身穿高飛狗吉祥物裝的人來接待我們，這位高飛狗還一路帶我們到處去玩些奇妙的行程，不過這是我第一次來到迪士尼樂園，所以代理商業務李桑跟我說這是多麼奇妙的 VIP 行程，我其實也不知道跟平常的差異在哪裡。

啊，原來有些快樂是比較出來的啊，就像我搭頭等艙時，深刻地跟我以前搭經濟艙的感受做了比較。

而這種體悟我第二次感受到，是到了週邊商品專賣店，在我進入店家時，突然店員都歡呼了起來，還有人放起了音樂，聽完李桑翻譯說什麼，我是這家店雪莉梅娃娃開賣後第一億名客人，我可以得到迪士尼樂園的年票，整年度隨意進出迪士尼樂園，這時候店員也好、李桑、日本業務，身邊所有人通通都比我還興奮，一來，先前我得過星巴克 VIP 卡，這種莫名其妙的第幾名顧客的獎我是見怪不怪了；二來，我又不是住在日本，年票對我來說沒什麼用處啊，當下我的鎮定，李桑稱我是「泰山崩於前而色不變，麋鹿興於左而目不瞬」，哇噻，李桑這業務口才已經是宦官等級了，我這位被招待的客人，還真的有點皇上出巡扶桑的感覺啊。

我想，洗髮精的幸運功效太強大，我竟然有種：『幸運到有點困擾』的感覺，原來有些爽度，也需要當事人感覺爽才是真的爽啊。

樸實如我，果然無法成為浮誇的人啊，我默默對於自己的沉著感到欣慰，也為自己日益幸運的進階人生稍稍感到一絲絲罪惡。

莫名其妙，昏頭轉向，帶著一些酒意的我，我頭上戴著米老鼠耳朵的帽子，脖子掛著三眼怪圖案的圍巾，然後手上提著有的沒有的禮品跟土產，就這樣回到了飯店。

其實很多過程我都不記得了，只記得我回到房間後一直盯著快睡著的無尾熊，看著牠動作極為緩慢，我的眼皮就跟著無尾熊閉上的眼皮，同時閉了起來，在沙發上睡死了。

呷咕！

Flat Down

05

我又在三萬五千英呎的高空回憶了，是的，我又上了飛機，而且是好不容易才上得了飛機的，上飛機前到底發生什麼事呢？

一早醒來，心情極佳，工作都搞定了，在搭第三天的飛機返國前，我根本就是在日本度假一般，無所事事。

而無尾熊永遠都是那副要睡不睡的緩慢模樣。

亂哼著曲子，我走到諾大的浴室打算洗個澡清醒一下，再加個幸運洗髮精洗個頭，讓今天持續保持幸運，可能今天在路上就會遇到需要人扶的老太太了，啊，要把財產過給我，手續會不會很繁瑣啊，說不定被老太太的可愛孫女喜歡上了怎麼辦，我還在追阿黛啊，而且我不會日文啊，要怎麼交往呢？真是困擾，哈哈哈，待會逛街會不會就看到豪華東洋別墅，還可以看到把頭塞進洞口的柴犬，什麼？抽獎抽到這棟別墅？這不無可能唷，哈哈哈。

但是在諾大的浴室中，不需要洗澡，我一瞬間就清醒了，因為我找來找去都找不到我那瓶分裝的洗髮精。

『我明明放在這裡啊！糟了！該不會被客房服務當垃圾收掉了？』

找來李桑幫忙翻譯，跟飯店的人詢問後，飯店的經理不斷向我道歉，他們確實把這不起眼的小瓶子跟著旁邊的塑膠袋一起當作垃圾丟掉了，而且似乎找不回來，飯店動員了好多人，然後又陸續有人向我行九十度的鞠躬道歉，搞得好像是珠寶遺失一樣，我也實在是承受不起，反正接下來也沒有重要工作行程，少了幸運配方也還可以啦，雖然少了過馬路老奶奶要把財產給我的可能性，我還是讓這件事趕快算了，

而且我還堅持請李桑用日文傳達我的訴求，請千萬不要懲罰清掃的人員，這件事情我真的就不在意了，畢竟坐過頭等艙後，我也算是升級成優雅的人了。

我請李桑不用跟著我，讓我一個人好好地感受一下東京的風貌，便開始一個人在東京搭地鐵閒逛，畢竟沒了李桑陪著也比較像旅行，而不是在工作。

首先先到了秋葉原，一連轉了幾個扭蛋，都沒能轉到我喜歡的，甚至還有一台機器卡蛋，什麼蛋也沒出來，用英文跟店員說明，雞同鴨講、比手畫腳後，也是說不明白，乾脆就算了啊，我想這就是沒有洗髮精功效的日常吧。

唉，難道我的日常就已經是帶賽的嗎？還是說幸運過後的日常會稍有不幸呢？好可惜，要是幸運星降臨，我在日本又會有什麼奇遇呢？該不會扭一顆就掉兩顆，然後扭到隱藏版、無敵版，搞不好又是什麼來店第一萬顆扭蛋，送我風俗店 VIP 一日遊？

想一想，洗髮精的幸運功效雖然逐漸退去，但是現在可以在東京逛街，而且是上班時間，然後又有薪水領，想到嘴角就微微上揚，而一想到，假如待會我去一間百貨公司的廁所拉屎，那我就是人在東京百貨公司拉屎都有錢賺的超強上班族啊，顆顆顆，我好樂觀啊，我不禁笑了出來，還笑出聲音來，我自己聽到還馬上摀住嘴巴，畢竟在異國的路上突然傻笑，這也亂不好意思的。

突然前方一陣聽不懂的日文，感覺語氣像是罵人的聲音，特別地兇，我抬頭往聲音來源望去，一個相當壯碩的男子死盯著我看。

等等，誤會吧，我不是在笑你啊，而且誰敢笑你這肌肉惡煞啊。

天啊，這位男子簡直就像是在電視上看到的日本摔角手，上身還是 Under Armour 的黑色緊身運動衣，根本可以是日本版本的巨石強森。

好吧，就先暫稱他為強森了，強森抓住我的領口，我整個脖子被勒住，狗急都會跳牆了，人在情急之下，我竟然把畢生所會的日文都給擠了出來。

我大聲地喊：「修但幾勒！」

強森似乎更惱怒了，等等，我不是已經喊等等了嗎？等等，我剛剛講的不是日文啊，是台語啊。

「夜露死苦……雅美蝶……揪抖～馬爹！」此時更正已經來不及了，而且無冤無仇，為什麼強森要如此對待我啊，是不是有什麼誤會啊？

我被推倒在地，接著強森抓住我的腿開始反轉，啊，是我被逼得身體反轉，揪抖馬爹！揪抖馬爹！這不是摔角的固定技法嗎？想起來了，這招我看過影片，是蠍式固定！

啊……我的媽呀，極度痛楚向我襲來，我整個放聲慘叫，但是為了一絲希望，我依舊努力擠出我畢生所學的日文，有了，如果表達我很痛苦，或是認輸，應該可以得到一點憐憫而放過我吧。

「咿嗲！咿嗲！Gomen 內！」啊……快死了啊，怎麼越來越痛，他是不是更生氣了啊，還更用力了，我的腳快斷了，我理智線也快斷了啊，難不成我又講錯了？咿嗲是很痛沒錯啊，啊，急中生智，難道不是咿嗲，是咿咕？

我放聲大喊：「咿咕！咿咕！咿咕～！」

果然奏效了，強森立刻放開了我，而且反而相當慌張地

跑離了現場，難道是突然發現了警察嗎？留下莫名其妙、痛苦又錯愕的我。

這蠍式固定實在太痛了，記得國中時期跟同學亂打摔角，那些胡亂嘗試的固定技都沒那麼痛，而被街上人群圍觀的我，也實在太過丟臉，待我的痛楚稍稍舒緩之後，我就趕緊跑開，找個巷弄躲了起來。

後來回到飯店，我在櫃台要拿房卡的時候，竟然還被要求要看護照，奇怪，難道認不得我了嗎？好歹我也是住你們飯店裡最高級的套房，早上你們還因為丟了我的幸運洗髮精才頻頻向我道歉呢。

回到房間，那隻無尾熊還是昏昏欲睡的表情，至少帶給我一絲絲療癒，而我走到浴室，才被鏡子中的我給嚇慘，沒想到我的嘴唇腫起來，就像兩條香腸掛在嘴上，難怪飯店的人都認不出我了，仔細回想，我也實在想不到被摔角手襲擊的過程中有沒有被撞到嘴，我到底是發生什麼事啊？而且我也想不透為什麼沒事在路上會被蠍式固定，就因為我愚蠢的笑嗎？

而隔天一早被李桑通知說羽田機場濃霧太大，航班取消，這非常難得一見的羽田機場濃霧，偏偏就讓我碰上了。

我打了電話回報給主管，想說或許可以再待一天東京，畢竟這是不可抗力之因素嘛，沒想到反而被艾力克斯飆罵了一頓，說明天客戶要來稽核，叫我不管怎樣都得趕回來出席。

果然，沒了洗髮精的功效，幸運之神已經遠離，而且遠離時還帶來了濃霧，搞得我這嘴腫的衰小人士在這進退不能，最後是因為飯店的經理為了賠先前的罪，動用了旅行社人脈，才讓我得以趕到東京另一個成田機場搭機返國。

我在三萬五千英呎的高空回憶著，座位旁邊的歐吉桑一直打瞌睡，發出惱人的打呼聲，還頻頻把頭壓在我肩膀上，我不斷釋放查克拉與念力，希望他的口水不要流到我身上。

　　我在擁擠的經濟艙裡，帶著腫腫的嘴，帶著酸痛的腿，想到明天逃不掉的稽核行程，聽著一旁的打呼聲，細細回想這趟出差旅程。

　　突然我想起了畢生所學日文，「咿咕（いく）」好像不是好痛的意思，我想起 A 片裡曾有的情節，糟糕，咿咕好像是「要去了！」的意思啊。

　　我默默地低下頭，感到萬分羞愧，在三萬五千英呎的高空，我眼角似乎有滴淚。

曼谷包

NaRaYa

06

阿黛喜歡帶著餅乾去散步，並不是帶著要吃的餅乾，而是一隻叫「餅乾」的白色貴賓狗。

這隻餅乾並不會像一般貴賓狗那樣，毛被修剪成一球一球地那樣「貴賓」，所以看起來不貴也不賓，但是就是有種渾然天成的萌樣，彷彿這隻狗對於打扮有著特殊的品味，當然狗的品味也就是主人的品味，狗的選擇也就是主人的選擇，就像是大家以為狗喜歡吃骨頭，其實牠們有得選的話，他們會選肉，如果有重口味的肉，牠們才不想吃潔牙骨，而且有些潔牙骨不是做成骨頭的造型，而是牙刷的造型，狗看到都氣得牙癢癢。

餅乾吃不夠肉的困擾，阿黛隱約知道，但是阿黛最近的煩惱，餅乾卻不清楚。

阿黛有一天跟一位朋友阿虐討論著這一個困擾，一來阿黛知道阿虐正在追求自己，一定有問必答，二來阿虐是個電子公司的工程師，聽說工程師就是理工科的體質，最厲害就是解決問題，邏輯十分清楚。

「我最近去遛餅乾，一直有一個困擾耶！」

「遛狗不是很悠哉，能有什麼困擾？」

「我每次打算要好好在附近社區散步一陣子，但是餅乾在一開始前五分鐘就拉了一坨屎，害我清理完之後，就要拎著那一坨熱騰騰的黃金走完整個散步旅程，很不優雅，很困擾耶，害我都沒心情好好散步了。」

「那妳跟餅乾溝通一下，叫牠在整個散步旅程中的最後五分鐘再大便好了。」

「最好是可以溝通，而且你如果想便便，你可以忍耐二十

NāRāYā ★ 曼谷包

分鐘嗎？」

「說得也是……那困擾的不是牠何時便便，而是拎著那袋裝著黃金的塑膠袋，很困擾，是吧？……嗯……那就找個地方丟掉就好啦！」

「我找過了，社區附近就是沒有垃圾桶可以丟呀！不然我幹嘛困擾。」

「那不然你每次遛狗就找我陪妳，為了妳，我可以幫妳拎著那坨屎，這就是真愛啊！」

「你又不可能天天陪我遛狗，你有時候不是要加班？」

「也是喔……這樣吧，那不然妳找一個好看的袋子來裝，會不會感覺比較舒服、比較優雅？」

「有道理，但是拿好看的袋子來裝便便不是很浪費嗎？」

「沒關係啊，買一個專門裝便便的袋子，讓妳漂亮優雅地遛狗，很值得啊，這很值得投資啦，不然妳買曼谷包好了，又好看又實用，不會像名牌包那樣貴，我買給妳啦！」

「真的嗎？我就知道你最好了！」

「不只是這樣，這張送妳，妳看看這是什麼？」

「星巴克 VIP 卡！你怎麼會有？」

「說真的，我最近莫名其妙地幸運耶，這張是因為……啊，說來話長，送給妳就是了！」

阿黛高興極了，她對阿虐的好感度瞬間提昇了不少，並不是為了曼谷包或是星巴克 VIP 卡，主要是他幫忙解決了心中的難題，覺得阿虐很可靠，而且阿虐的模樣好像比以往更有元氣的感覺，精神奕奕地。

而這個週末阿黛在阿虐的陪同下，在一間曼谷包專賣店挑了一個花色鮮豔的曼谷包，雖然在決定讓這個包包成為遛狗專用裝屎包的時候，阿黛內心極為掙扎，總覺得這麼好看的包包，應該平常逛街可以用，但是又想一想反正阿虐說優雅遛狗這行為就是值得投資，阿黛決定放寬心，就大膽地給它用下去好了！

　　「小姐，這花色很好看唷！這一款是限量的，還有很多尺寸，小姐是要放筆記型電腦嗎？或是放化妝包用的？裡面有特別的夾層，我可以為你介紹。」曼谷包專櫃小姐很專業又熱情地說著。

　　「喔，只要小尺寸的就可以了……」阿黛含蓄地說著，嘴巴露出淺淺地微笑，她內心想：『怎麼可能跟她說這是要裝屎的，幫我評估一下小型貴賓犬一次的屎量要多大的包包來裝……』。

　　阿黛看到阿虐在旁邊摀嘴偷笑的模樣，忍不住往阿虐手臂上捏了一下。

　　阿黛越想越心虛，想到臉都紅了，遛狗專用，有這麼難為情嗎？

　　阿虐在結帳的時候，阿黛內心豁然開朗，不管怎樣，真是太好了，這個困擾已久的問題終於解決了。

　　這一天，天氣涼爽好個秋，陣風徐徐吹來，正是去社區附近散步的好日子。

　　阿黛把玩著新買的曼谷包，內心很歡喜，但是又有一絲絲的惋惜，覺得第一次使用就拿來裝屎，真是有點浪費。

內心又想起阿虐説的話：「很值得啊！這是很值得投資的啦！」

接著就展露堅定的神情，毅然決然的拎著漂亮的曼谷包，牽著餅乾往前，昂首踏步走去。

果然又是頭五分鐘，餅乾就投下第一顆震撼屎彈，這次可能天氣舒爽心情佳，今天餅乾的便便量是過去的三倍。

而這次散步一掃過去困擾之感，而且新買的曼谷包布料夠厚，甚至把裝著便便的塑膠袋放進去後，上肩背著、腋下夾著，都完全感受不到那屎的溫熱感覺。

阿黛開心極了，而餅乾也感受到主人的歡愉，尾巴搖的頻率也增加了。

真是天涼好個秋，阿黛想到阿虐送的貼心曼谷包，還有帶著漂亮包包散步的感覺，真是愜意無比。

此時一位頭戴著洋基隊棒球帽的男子，把帽簷壓得低低的，快步尾隨著阿黛，在快接近的時候，內心還為自己默默打氣：「就是現在，衝吧！」

接著快走的步伐轉變成快跑，棒球帽男子迅速從阿黛側身飛過，一手抓住阿黛肩上的包包，作勢要拉走。

「啊！你要幹嘛？」阿黛大叫了起來，一陣驚慌，死命地拉著自己手上的包包。

「給我！」棒球帽男子卯足全力的拉扯。

「汪汪汪……」餅乾看到主人被欺負，馬上咬著棒球帽男子的褲管，鬆嘴時還發出怒吼的咆哮聲。

一陣混亂，包包在兩人手裡不斷地被拉扯著。

「我的包包！」阿黛著急死了。

「給我放手！」男子不甘示弱，聲音儼然是個混帳搶匪。

「呼……汪！」餅乾扯下男子褲管一點點布料後，繼續喊叫。

夕陽緩緩地在天邊暈紅，一位拿著幾袋垃圾要出來等垃圾車的阿桑，看到街道遠方有著吵架聲與狗叫聲，放眼望去，覺得看到像是雙人華爾茲的舞步，還搭配一隻狗。

「現在的年輕人真是情趣啊，呵呵呵。」

棒球帽男子接下來就用蠻力取得了上風，把包包給搶了過去，迅速地跑離了現場。

「我的包包！搶劫啊！」阿黛在後面喊著，一時之間也腿軟，不敢向前奔去。

「呼……汪……嗚……」餅乾最後的喊叫聲變小，也有點敷衍，畢竟主人都沒追究了，加減喊個意思意思。

阿黛在剛剛被搶劫的震驚中慢慢恢復過來，內心也對包包裡的東西有著複雜的情緒：『要是那男生打開包包發現我帶的東西是大便，而且只有大便，那不是很丟臉嗎？』想著想著阿黛覺得實在太丟臉了，忍不住掩面哭泣。

女孩即使在落難的時候，還是很在意形象的。

爆!!吉他社

07

夜裡，我往公司最深最陰暗的那個角落走去，還沒走到那間會議室，通常就可以聽見些聲響，碰碰碰的，不然就是有吵雜的笑聲，不然就是此起彼落的刷弦聲，甚至有時候會有奇怪的合成效果器聲響。

這發出的噪音，不，這發出清涼音的地方，就是公司中最讓我有歸屬感的所在啊。

「爆！！吉他社」每週一次在此展開社團活動，據說多年前創立的社長因為很喜歡《魁！！男塾》這部漫畫，因此把社團用相同格式取名成「爆！！吉他社」，爆之後還要加兩個驚嘆號以示驚人爆破感，威力十足，社團 Logo 就是一個漫畫式的爆炸線條外框，中間放著舉著搖滾樂手勢的手，相當熱血沸騰。

在這麼高壓的電子產業，成立藝文社團是相當具有政治正確性的，首先公司補助這麼音樂性的社團，可以說明公司願意提供給員工舒壓的活動管道，再來吉他社每年都會出去參與公益性質的表演活動，那些活動照片與領取到的錦旗獎狀，都是公司企業社會責任報告書中可以展現的亮點之一。

所以「爆！！吉他社」在夜裡的公司亂搞亂玩，在公司是相當可以允許的存在，反正在最最最角落的會議室，其實也不太會吵到晚上加班的同仁。

當然，吉他社出去公益表演時，會用另一個政治正確性的諧音名字，叫做「報喜吉他社」，聽起來相當的綜藝，也相當的慈濟，而社團 Logo 會把爆炸外框裡面的搖滾手勢換成了一隻愚蠢但可愛的喜鵲，感覺就算被叫去婚宴的舞台演出，也相當無違和感。

我一打開會議室門，就大聲地喊：「爆～！」，這幾乎就

是我們社團打招呼的方式。

「爆虐社長來了！」「爆～！」「爆～！」「爆～！」

這時候會議室裡，不管大家手邊在做什麼，大家都會異口同聲或陸陸續續地喊：「爆～！」接著就是很白痴的笑聲迴盪。

「喔喔，聽說社長從日本光榮返國！」「名產呢？」

「哎唷，別提了啦，還差點回不來呢。」

「咦，你的嘴是不是腫起來啊？」

其實我也不知道我是怎麼莫名其妙當成社長的，我的吉他彈得並沒有比別人好，而社團裡面的成員大多是老面孔了，身為社團老屁股之一，就因為我的名字加上爆之後，就是爆虐，相當地暴力，大家就慫恿我當社長了。

社團成員們也都會把中文名字或是英文名字的一個字加上爆字，像是我們有抱膝（露西）、報國（阿國）、報答（米蘭達）、暴風（可峰）、爆開（阿凱）、鮑伯（愛爾伯）……剛好加上爆字都是一個名詞或動詞，所以我爆虐這個名字就像是秦始皇一般的存在，莫名其妙被推舉，就成了這批爆軍的首領。

而聽說過去某一任已經離職的社長更厲害，名字有剛，因此叫「爆肛」，成為社團最強傳說，沒有之一。

鮑伯看著我笑咪咪地說：「爆虐，你知道什麼果汁的名字最長嗎？最長到有幾個字嗎？」

每次鮑伯都喜歡搞笑，聽到這問題，我也笑笑地附和：「蛤，果汁嗎？那就……『紅色火龍果汁』，六個字！」

「笨，不會故意湊多一點水果唷，香蕉你個芭樂果汁，你看不就……」暴風還細數了一下：「不就八個字了。」

「錯！其實是十二個字，鼠牛虎兔龍蛇馬羊猴雞～果汁！哈哈哈！」鮑伯笑得相當猖狂。

整個會議室充斥著笑聲，就是這麼愚蠢，這麼愉快，帶著白天滿滿壓力的工程師們，在夜裡的吉他社團中，得到了救贖。

今天似乎特別熱鬧，有些常常沒來的老社員也復活了，另外還多來了幾位沒看過的生面孔，其中還有漂亮的小女生呢。

以過往歷史大數據證明，社團成員總人數跟來的漂亮女生人數呈正比，向來社團只要有一位漂亮女生留下，通常可以造就多三點五位勤勞男生來社團玩，我想這道理也相當簡單，醉翁之意不在酒，很多男生來吉他社彈琴，最終目的其實都是談情。

這讓我又不禁想到傑森史塔神曾在課堂上講過的「車馬炮」理論，他說男人為什麼對汽車有種特別的情感，甚至有人稱自己的愛車是二老婆，原因就是「車馬炮」這流程，先有車子，就比較容易有馬子，有了馬子，才有機會打炮。

社團其實也是類似概念，不管任何社團，熱舞社、桌遊社、吉他社，參加這些社社社，才有機會射。

所以啊，那些即使漂亮女社員消失後還願意留下來，多年來都沒退團的老屁股，通常才是真正喜歡吉他、喜歡音樂的「真‧搖滾魂」啊。

記得當我曾經這樣感嘆並珍惜老社員時，暴風卻說：「不！留下是因為未來還會有可愛女生來社團，這是持久戰啊！」聽完讓我更加地感嘆。

總之為了社團人畜興旺，身為社長的我，把漂亮女社員留下來這件事，變成維持社團運行的一種手段啊，所以還是要盡力留住漂亮女社員，以維持男社團成員三點五倍的人數。

在沒有請客座老師來吉他社上課的時候，大家都在社團亂玩，開開玩笑寒暄幾句後，我們開始了 Jam Time，大家拿出自己喜歡的歌曲亂彈，有人幫忙唱，有人幫忙彈奏，而每次會議室傳出最大聲響的，就是那木箱鼓的敲擊聲。

唱完爆開拿手的〈浪人情歌〉、還有報答的〈Fly Me To The Moon〉，眾人開始鼓譟，要我彈唱我創作的歌曲。

身為唱歌五音不全的我，唯一有的小優點就是創作，沒事就會寫一些幼稚的歌曲自娛娛人，社團中大家知道我有這個小特點後，每次都會要我唱一唱新寫的歌曲，這也可以算是我來社團的一大樂趣，找到無顧忌的知音，沒有批評，只有歡迎，只不過今天有新來的生面孔，尤其又有漂亮小女生，我還是有些緊張。

大家也都知道我唱歌不行，所以平時唱到走音也沒有關係，社團宗旨就是好玩開心最重要，我就特別帶來我最近的創作〈我愛幻想〉，我才剛刷出前奏幾個小節後，爆開馬上就幫我打起了木箱鼓，報國也用電吉他即性了些藍調樂曲穿插其中，整個煞有其事的有感覺啊。

我知道我熱得發燙，像微波御便當
人氣超旺，凡人無法擋～
路上女孩都對我望，看我俊俏模樣
優秀品種，來自我的娘～
舉手投足散發光芒，唯有我最夯
劍拔弩張，像烏茲衝鋒槍～（噠噠噠噠）

感覺今天唱歌游刃有餘，像是魚在游泳一樣，我的老天鵝啊，怎麼會這麼順，我今天是開了什麼嗓啊？我邊唱邊瞪大眼睛不可置信，鮑伯也驚訝地看著我狂點頭，也有人大聲叫好，那好，就順勢副歌催下去吧！

我愛幻想，我愛幻想，事情根本就不是這樣
我愛幻想，我愛幻想，那麼又怎麼樣

　　一如往常，我的歌詞總是這樣愚蠢，唱法又簡單地像兒歌複誦，大家都不吝嗇地給予猖狂的笑聲，但是這次歡呼聲跟掌聲之大，整個讓我受寵若驚。

席捲風靡整個村莊，是大家的偶像
是誰最棒，想都不用想～
在我面前沒人敢囂張，只有我最像樣
四海一方，都對我禮讓～
彷彿擁有魔術錦囊～無人能與我較量
身強體壯～如鐵似鋼～

　　第二段副歌，我更賣力地刷著吉他和弦，閉起眼睛引吭高歌。

我愛幻想，我愛幻想，事情根本不是這樣
我愛幻想，我愛幻想，吉比花生～醬

　　刷完最後八節和弦，我才願意把眼睛睜開，圍繞在身邊的大家，好像看到鬼似的看著我，我不好意思地抓了後腦勺：

「咦，奇怪，我今天好像唱得不錯齁？」

「哇噻！爆虐，你今天怎麼了，竟然沒走音！」

「幹，也太扯了，你是有偷練是不是。」

「下次成果發表，你可以當主唱了啦。」

角落那位新來的漂亮女生，怯生生地在旁邊，但是卻用崇拜的目光微笑看著我，在被大家簇擁下，突然間我竟然有種飄飄然地感覺。

怎麼這麼神奇啊，難道下一步我就要去跟唱片公司簽約，我要上小巨蛋開演唱會了嗎？不！我平凡穩定的人生就要在此大轉變了嗎？不！我承受不起這樣的刺激，不！我本來就不是靠臉吃飯的人，我難道可以靠才華了嗎？不！難道我就跟我剛剛歌詞寫的一樣，人氣超旺，凡人無法擋嗎？新專輯文案搞不好還可以用名字來做文章，令人「虐」心的好聲音，不！不！不要停！

就在大家討論完我的新歌喉之後，話題轉到了前陣子星巴克到福利社宣傳的事上，沉浸在聊天打屁還有接受吹捧的我，才突然因為星巴克這件幸運事想起了洗髮精。

啊！難道，洗髮精不但讓我變幸運了，還讓我唱歌變好聽了嗎？這……這實在是天上掉下來的大禮啊，走音如我，竟然還有唱歌好聽的春天，實在太驚人了，看樣子洗髮精給我的驚喜還不只是這樣，難不成之後我還會變成運動健將，直接在籃球場灌籃，拉竿爆扣，三分神射，搞不好還可以學 Curry 那樣投出遙遠的 Logo shot，想到自己的帥樣，我口水都快流下來了。

「跟你們說唷，我那天超幸運的，我剛好是什麼宣傳活動的第一萬名顧客，我拿到那個可以喝一年份的 VIP 卡耶，有沒有很扯。」平常的我不敢太臭屁，但是畢竟今天有漂亮女生在場，

當下已經燒得火紅的我，繼續拿汽油助長焰勢。

「太扯了啦，你是不是該買樂透了啊？那麼好運……」暴風羨慕地說，接著突然提及：「對了，那天星巴克那個小姐，你們不覺得很像那個……那個三下亞悠嗎？」

「三下亞悠？哈哈哈，是三上悠亞吧，你笨唷。」報國忍不住大笑。

「三上悠亞是誰啊？日本藝人嗎？」報答緩緩問道，一副單純的模樣。

「哈哈哈，妳不知道她唷，她不是日本藝人唷，她是綠豆薏仁！」

「哈哈哈，我不確定她是不是綠豆薏仁，但是確定好吃沒有錯啦，哈哈哈哈……」

接著我們幾個男生你一言我一句的開始熱絡地討論三上悠亞，然後口無遮攔地又亂開玩笑，講講黃色笑話，場面有點一發不可收拾。

這時候那位漂亮女生，一副像是被冒犯的模樣，突然扳起臉孔兀自往會議室大門走去，就這樣默默地開門離開了。

陪同她的朋友，也跟著追了出去。

我們幾個臭男生見狀才安靜了下來，面面相覷。

我想這時候不用言語，我們都可以心靈相通地想到：「Shit！我們又失去了一位漂亮女社員。」

對，是又，Again，再次，我們總是這樣地再次搞砸。

宅宅在線

08

電話響了，向來不認識號碼的電話，我通通都不接。

因為以前廣告電話我接多了也接煩了，他們會先確認你是不是某某某，確認後就開始介紹需要車貸嗎？需不需要信貸？對投資商品有沒有興趣？或是一接起來對方就馬上掛斷，再不然就是詐騙集團，身為鬼島的鬼會不知道這一切嗎，我在這島上長大，早就學妖成精了。

唉，要是阿黛打來該有多好，美好的星期天，本來約了阿黛去看電影，阿黛臨時說什麼要幫學生補課，身為鋼琴老師的她，向來對學生十分用心。

她說有一位學生學鋼琴就是為了學會自彈自唱 Aerosmith（史密斯飛船）的〈I Don't Want To Miss A Thing〉，然後靠這首歌求婚，所以說什麼也要假日加課幫忙學生完成這人生夢想。

當時電話中她這麼對我說時，我第一個念頭竟然是想到，幹嘛學自彈自唱，只要洗個頭就好啦，要是我有一大堆那神奇洗髮精，就分你洗一下，洗一下包準求婚成功。

天啊，我怎麼變得這麼短視近利，難道這洗髮精的功效已經慣壞我了，我該不會走入深淵吧？就像電影拍得那樣，有了超能力之後，通常都會帶來厄運？

不過身為哪裡有困難就往哪裡去的真男人，就算是厄運也好，快來吧，洗髮精，如果你很多，把你當沐浴乳來用我都願意啊，快把我淹沒吧！來吧！快把我淹沒吧！幸運通通灌注到我的血液裡吧！

對了，週日在家，我該好好研究一下這洗髮精，說不定不需要聯絡到華仔，網路上或許就查得到資訊了，說不定網

路上就買得到，我想得很美好，心裡喜孜孜的，不能跟阿黛見面的失落感也得到了平復。

打開了筆電，在做認真的研究調查之前先打開串流音樂網頁，找個好聽的音樂當背景，就聽〈I Don't Want To Miss A Thing〉吧，哇噻，電影〈世界末日〉的主題曲超級好聽，管弦樂的前奏一響起，就快起雞皮疙瘩了，真的是首好歌啊，用這首歌求婚真的很浪漫。

打開 Youtube，「上班不要看」這頻道更新了，來看一下〈呱吉狂想曲〉，哇哈哈哈哈，笑死我了，怎麼這麼會編劇啊，鋪陳這麼久，最後一刻這麼爆笑。

「信誓蛋蛋」也更新了，什麼挑戰高空跳傘吃辣椒，酷斃了啊，看得我都覺得辣了。

〈教你成為中秋機八人〉，這什麼東西啊，「High 咖的屁孩日記」每次講得其實都滿有梗的，來看一下好了，沒錯沒錯，只會來吃肉，不幫忙烤肉的，真的都滿機八的，從來不體恤負責生火的工具人心情啊！

對了，這場 NBA 比賽相當有趣啊，胖虎對上詹皇，根本神仙打架嘛，立馬看個 Highlight 精華，胖虎啊胖虎，你在美國可能一輩子都不知道自己在台灣的外號是胖虎啊；技安啊技安，你在日本可能也不知道自己什麼時候被改名叫胖虎的，更何況現在變成 NBA 球員的外號……

咦，「RJ 廉傑克曼」的頻道也更新了，這次阿傑要帶我們去吃超級無敵好吃的鐵板麵，看著看著我都餓了，用 Uber Eat 叫一盤鐵板麵來吃好了，阿傑超適合當鐵板麵代言人啊，下次來個哥吉拉聯名的鐵板麵也不錯。

臉書的玩具收藏社團竟然放出了一張超厲害的照片，居然是 80 公分高的超巨型福音戰士初號機，天啊，實在太狂了，那個紫藍色配螢光綠色根本就是藝術品，要是家裡放一尊該有多好，這種消息一定要轉發給也愛公仔的小鐵啊。

馬上來貼網址轉傳一下，哈哈，LINE 群組的訊息還真多。

咦！這雙 Nike Air Force 1 真好看，麂皮黑色的表面配上橘紅的勾，可惡，竟然沒有我的 Size，再多查幾個電商網站看看，順便比個價，對了，也到 IG 看看這雙鞋的照片，再到 YouTube 看別人開箱再決定要不要買好了，或許臉書社團有更便宜的好價格，哇噻真香啊，越看越喜歡，感覺穿上去又帥到另一個境界了。

看著看著，外送的鐵板麵也到了，我剛剛還很俐落地偷看了一下外送員的鞋子，是 Jordan 一代，我真是觀察力太入微了，紅色 Jordan 一代真是經典，給外送員超讚品味一個 Respect，吃麵的同時來配個美劇好了。

怎麼彷彿一轉眼週末就要過去了，不過上班五天也辛苦自己了，有了這洗髮精之後的自己根本就是重生了，日子越過越好，週日耍個廢也無傷大雅不是嗎？要是走出門又不小心中了個什麼第一萬名顧客，又拿了什麼 VIP 獎就不好意思了。

想一想，好像總覺得忘記什麼事情似的，明明今天計畫了什麼要緊的事，要來好好上網研究調查，到底是什麼事呢？想一想，要不要這時候去給阿黛探個班，送杯飲料呢？還是算了，既然週末沒出門的話，決定今天就不用神奇的洗髮精

了，省著點用。

　　電話又響了，又來打擾我，又是不認識的號碼，不接。

　　等等，這號碼好像是國外打來的，+261 這什麼地區的號碼啊？從來沒看過。

　　他媽的，終於想到了，這麼重要的事怎麼可以忘記呢？

　　剛剛那雙 Nike Air Force 1 還沒買到啊！

帶賽的一天

Shit Day

09

這真是帶賽的一天。

昨夜吃鐵板麵時不小心咬到舌頭，那破掉的傷口讓阿虐非常不舒服，加上昨夜沒睡好，今天早上起來，阿虐的心理與生理狀態都糟透了，但是他還是特地選穿粉紅色的襯衫出門，那是他自以為暖男的象徵，這也是今天他給自己的人設。

一早巷口的早餐店就人滿為患，阿虐向來為了節省時間，習慣直接拿櫃檯做好的鮪魚蛋餅就走，今天看到櫃檯上只剩下最後一個火腿三明治，怎麼這麼衰，但是沒關係，方便就好，而且衰是正常的，畢竟他昨夜沒有洗那罐特殊的洗髮精。

阿虐剛伸手把火腿三明治拿起來，就馬上被隔壁的歐巴桑斥喝：「少年耶！這是我先看到的耶！」

「喔……阿姨，不好意思。」阿虐把三明治遞給歐巴桑，心裡雖然覺得有點不滿，但想說火腿三明治本來就不是自己平常愛吃的，捨棄也無所謂，而且今天的人設是暖男，禮讓是他的本能。

「什麼阿姨，我有很老嗎？叫姐姐。」歐巴桑又碎唸了一下。

沒了現成的三明治，阿虐只好默默去排隊，好不容易排隊到櫃檯點完鮪魚蛋餅與熱紅茶，接著在外帶區又等了很久，等到手機臉書都快滑過一輪了都還沒叫到他。

不過這也是阿虐預料得到的，畢竟沒有洗髮精威力的加持、畢竟華仔還沒聯絡上，買到庫存之前要省著點用，不過為了要期勉自己不要依賴這洗髮精，阿虐特地把洗髮精裝到一個 10 cc 的造型試管中，並且把試管弄成鑰匙圈隨身攜帶，

再怎麼衰也帶了幸運之物在身上，可以當成精神支柱。

終於拿到早餐時，忙中出錯的店員拿給他鮪魚三明治跟冰紅茶，好吧，沒有蛋餅，剛剛才錯失的三明治回來也行，但是早上喝冰的實在喝不習慣，阿虐想說上班要遲到了，改餐點重做又不知道要等到何時，而且今日人設是暖男，而且他也已經是課長級別的工程師了，阿虐只好微笑接受。

騎車一上路就遇到車潮，雖然機車可以隨時見縫插針，但是阿虐看著眼前的紅燈竟然有九十秒，阿虐在想人生到底有多少個九十秒可以浪費呢？

等著等著後方一聲喇叭好大聲，阿虐一驚嚇咬到了舌頭上的傷口，讓他痛苦不已，他這時候也好想按喇叭稍微抒發一下怒氣，但是他今日人設是暖男，想想後又作罷。

啊，突然想到還有冰紅茶，喝口冰涼冷卻一下，也消一下舌頭的腫脹，阿虐把掛在機車前面的紅茶拿出來，吸管插了就喝，突然慶幸紅燈有夠久，也慶幸自己思維極為正面。

向來早上都慢慢喝熱紅茶的阿虐，意外發現冰紅茶如此順口，一下子半杯就喝掉了。

到底是早餐店花太多時間，還是紅燈太多，阿虐遲到了一個小時終於到了公司，眼前電梯打開後，裡面滿滿的人，大概只能再擠下一兩個人，身旁的人直接繞過阿虐擠進電梯，留在電梯外的暖男阿虐微笑地點頭：「啊，你們先請，我等下一部。」

阿虐認為他說完這句話後，別人插隊的過錯就馬上轉換成自己的紳士行為，這是穿著粉色襯衫的暖男該做的，Peace！畢竟昨夜沒用那幸運的洗髮精，這樣的日常算是正常。

電梯前的阿虐在猜待會艾力克斯會用什麼表情來看他，沒了

洗髮精加持，自己會不會又打回窩囊廢原形，更何況今天還遲到。

　　不知道為何，今天到處都是人，接下來連續幾個電梯都是滿滿的人，阿虐終於在下一部電梯擠了進去，偏偏電梯裡遇到的人就是艾力克斯，不過艾力克斯自己也遲到，總不會罵他遲到這件事吧。

　　「幹，你知道今天有多誇張嗎？到處都是人，我塞車就塞了一小時。」艾力克斯見到阿虐就抱怨。

　　「平安就好，平安就好。」阿虐露出暖男的和氣笑容。

　　「什麼平安？我聽車上廣播說警方在附近抓槍擊要犯，感覺最近治安很不好，對了，你怎麼現在才來，我最不能接受的就是遲到⋯⋯」艾力克斯的罵聲占據了電梯爬升的時間，直到電梯抵達八樓，門打開了才停止。

　　出了電梯，阿虐突然一陣腹痛，糟了，一定是那冰紅茶，早上果然不適合喝冰的。

　　阿虐急忙奔去最近的廁所，發現廁所全部的馬桶隔間都有人，又趕緊再奔去比較遠的廁所，發現還是客滿。

　　冷汗直流的他，隨即想到廁所設置格局每一層樓都一樣，趕緊衝向樓梯往樓下的廁所奔去，結果還是一樣客滿，怎麼大家都在這個時間大便啊？阿虐覺得舌頭上的傷口似乎隱隱作痛，讓他更為焦躁。

　　終於再奔走三個樓層後，阿虐紓解了他的迫切需求，他從口袋掏出裝有洗髮精的試管鑰匙圈，緊緊握住：「幸運之神啊，我不能依賴你，但是偶爾也稍微眷顧一下暖男嘛！」

　　重新爬樓梯走回八樓的阿虐，腿軟地坐上了他的辦公位

置，一陣飢餓感來襲，他才想到他的早餐還掛在地下一樓的機車上，算了。

打開電腦收件夾，大量的客戶要求湧入，看到一大堆工作來襲，阿虐一陣壓力感上身，艾力克斯又打電話來催促，交代好幾件事今天一定得完成，那些原本是別的同仁該做的事，今天也都一如往常地丟到他的身上，暖男阿虐總是大家託付工作的好夥伴。

阿虐呼了一口長氣後決定要卯起來奮戰，捏緊滑鼠，奇怪，怎麼網路一直很慢，阿虐好幾封郵件都發不出去，隨即他就聽到同仁在旁邊討論到，似乎今天公司郵件伺服器怪怪的。

好不容易在夾縫中求生存，阿虐在網路效能很差的情況下硬是寄出了幾份報告，而在收發郵件困難的情況下，有封公司的公告郵件卻又異常順利地送到了阿虐的信箱裡。

『由於公司人力成本增加的情況下，今年激勵獎金將取消，請同仁共體時艱，後續再努力創造業績高峰……』

看到獎金取消幾個字，阿虐頭就暈了，心裡想：「搞什麼，以前那激勵獎金少到根本是激怒獎金了，現在竟然還取消，難道一天沒洗那瓶洗髮精就變成這樣，也太誇張，難不成我今晚洗一下洗髮精，明天獎金就恢復？」阿虐太納悶了，也猜想幸運能力應該是發揮在自己個人身上，要撼動整個公司決策的趨勢性，應該不太可能。

一眨眼就到了午餐時間，想到要搭電梯去一樓餐廳吃飯，今天這麼衰，一定會要大排長龍地排隊領餐，領到餐又要找尋那很難找到的空座位用餐時，阿虐就很想放棄。

就算搭電梯去車上拿三明治吃也不夠啊，餓壞的阿虐想完這

個選項後發現沒辦法，還是默默地加入排隊的人龍之中，但是今天不知為何，總覺得人特別多，在領餐時發現能選的菜不多了，然後為了等空座位，硬是在走道上托著托盤尷尬地站了十幾分鐘。

真的有這麼衰嗎？發現飯菜溫度都涼了之外，阿虐剛喝下還算是溫熱的鹹湯，隨即就刺激到了他舌頭上的傷口，他忍住喊出聲音的衝動，餐廳裡保持安靜是暖男的基本禮貌，他悶著痛苦，不驚動別人也是暖男的溫柔。

因為晚回到座位辦公，又被艾力克斯罵了幾句，微笑應對的阿虐急忙趕去會議室開會，到會議室門口發現部門同仁在會議室外不得其門而入，阿虐了解了一下才知道他原先預定的會議室被別的部門占用了，因為別的部門今天有客戶來訪比較迫切，暖男嘛，而且又是課長級別，阿虐只好把會議室讓給對方應急，並請大家先到隔壁倉庫進行會議討論。

沒想到太多單位需要會議室，連隔壁倉庫也都被人占走了，最後在同仁的建議下，移到樓梯間先行討論重要的議題。

在樓梯間開會的阿虐，想到今天在這樓梯間奔走了好久，還意外發現在樓梯間說話會有回音的效果，而且聲音傳得很遠，所以似乎樓下在講八卦的同仁對話，也聽得很清楚。

「聽說大老闆又下令要擴充生產線，很多單位移回總部，這邊還要補人呢？」

「那座位夠坐嗎？上次才改過辦公室 layout，我都快跟我隔壁的並肩工作了耶，我們又不是 K 書中心，或是小火鍋店，這麼擠怎麼辦公啊？」

「這倒還好，我們社畜有的就是奴性，環境一下就習慣了，

慘的是激怒獎金取消就算了，聽說連年終獎金都因為人力成本增加這理由要變少啊！幹！」

阿虐聽到那聲「幹」，馬上意識到那聲音就是艾力克斯的聲音，同仁們似乎也發現了，開會的討論聲也突然停了下來，大家你看我、我看你，表情鬱悶且猙獰。

今天也夠衰了，星期一症候群嘛，阿虐好歹也是把今天的工作時光挨過去了。

但是回家的流程並沒有改善，電梯有一部故障，排隊的人還是很多，讓阿虐乾脆放棄等電梯，直接從樓梯走到地下室牽車，在樓梯間又讓他回想到早上的肚子痛；也想到了公司又要再補人，辦公室要更擠了；以後年終又要更少了，越走越不是滋味，乾脆今晚就洗一下那瓶洗髮精改改運吧。

『不過幸運的是我自己一個人啊，整個公司取消激怒獎金也太誇張，難不成明天只有我一個人獎金恢復？還是我有意外之財來補貼我的損失？』阿虐越想越懷疑。

好不容易騎了車，但是把車騎到加油站時發現也是排著長長的車龍，就讓他非常納悶，為什麼車總是這麼多，人也總是這麼多啊？直到他看到了路旁「汽油明日調漲」的標示才知道原因：「啊，所以不是衰嘛！事出必有因。」

回家路上，阿虐繼續塞在等紅燈的車陣中，他低頭看了看車鑰匙上掛著的洗髮精鑰匙圈，為了給自己打氣，他微微催了一下油門，喊了一聲，駕！

不料這一個動作引起了隔壁機車騎士的不滿：「他媽的！是怎樣？駕個屁啊！」

阿虐看著騎士手臂上刺有著顏色鮮豔的鯉魚刺青，他完全不

敢輕舉妄動，只好一直點頭表達抱歉，以和為貴嘛，難不成要打一架？而且昨夜沒洗頭，沒了洗髮精的神功護體，今天絕不能輕舉妄動。

好險綠燈來得及時，鯉魚騎士看到路通了，就作勢往前方騎，起步前還丟下了幾句髒話。

阿虐看到旁邊麥當勞得來速，打算買個炸雞來安撫自己一整天的苦難，但是騎到得來速前才發現得來速還是需要排隊，等了五分鐘，阿虐口袋裡的手機震動了，他突然想到阿黛說的，電磁波會不會真的影響老二啊？

阿虐在排隊陣中掏出手機來看，看到來電顯示是艾力克斯，然後後方車輛竟然因為阿虐前方的車才剛往前了一點，阿虐沒有馬上往前跟上而按了喇叭催促，突然一股怒氣上來讓他放棄了排隊，手機也不應答，阿虐催了油門，離開車龍，在路上奔馳了起來，這時候馬路竟然暢通了。

手機在口袋裡一直震動催促，阿虐的舌頭也突然陣痛了起來。

阿虐整個火氣上升，他在心裡吶喊：『到處都是人，到處都是車，早餐要排隊，開車要排隊，電梯要排隊，吃飯要排隊、等座位要排隊、開會要排隊，買得來速要排隊、網路又慢、會議室又不夠、人又越來越多、工作一直變多、獎金不見了、年終又要變少、停個紅綠燈還要被人嗆，可惡！全部去吃屎啦！』

才剛在心裡怒吼起來，阿虐發現前方快車道的那台機車，正是剛剛嗆他的鯉魚騎士。

阿虐沒多做思考，怒氣讓他往前奔馳，他卯起來催油門，機車很快地逼近了鯉魚騎士。

因為逼車，鯉魚騎士很快就發現了阿虐，鯉魚騎士一開始有一絲驚嚇，在快車道上蛇行了起來，似乎是想虛張聲勢。

　　阿虐逐漸逼近鯉魚騎士，而且幾乎要並行了，但是越加逼近，阿虐卻慌了起來，其實他根本沒有心理準備接下來要做什麼，純粹就是一股怒氣讓他追了上去。

　　鯉魚騎士繼續在阿虐的左側行進，目光不斷往阿虐這邊怒視，凶神惡煞地模樣讓阿虐心裡更加慌亂，騎士喊出髒話，還伸出腳作勢要踹阿虐。

　　阿虐突然間舌頭又痛了起來，不知道在什麼時候安靜的手機，這時候突然又再度震動起來，想到主管今天罵的那個幹字，阿虐生氣地吶喊了一聲，駕！把機車往側身一壓碰撞了對方，鯉魚騎士瞬間摔了出去。

　　一陣機車翻覆的碰撞聲，瞬間讓阿虐醒了過來，看到後照鏡裡，鯉魚騎士摔飛出去倒在路旁邊，機車在地面磨擦碎裂，散落了一些碎件，接著後面一台貨車直接往機車碎件上碾了過去，發出更大的聲響。

　　阿虐嚇壞了，穿著粉色襯衫的他，回到他溫和的本性，趕緊把車停靠路邊，等待了幾台車輛開過的間隙空檔，才小跑步地到鯉魚騎士身邊查看。

　　看著鯉魚騎士躺在路旁痛苦的慘樣，好險沒死，阿虐彎下腰伸出手，露出了他的暖男笑容，這可是他今天的人設，他擠出了夾雜尷尬情緒的話語：「你⋯⋯你沒事吧？」

　　阿虐度過了帶賽的一天，竟然還去警察局做了筆錄，竟然還有媒體來採訪，回到家後，他決定不能省了，黑色瓶身、紅色壓

頭，那瓶洗髮精就盡情給它洗下去，讓 Lucky Powder 的能量灌滿整個頭皮，洗完之後，他竟然靈光一閃，突然想起昨天的未接電話，那個奇怪的地區碼 +261。

阿虐上網查詢了一下 +261 國碼，才發現是馬達加斯加打來的電話，他眼睛馬上亮了起來。

新聞急先鋒專題報導，二十日晚間八點在新北市發生一起車禍，受傷機車騎士是列為槍擊要犯之一的陳ＸＸ，因為這起車禍讓警方順利將陳ＸＸ逮捕歸案。

其車禍肇事者為一正義感十足的電子業工程師，工程師聲稱早上在聽廣播時就有注意到附近有警方在進行槍擊要犯的追查，下班路上剛好發現可疑人士，尤其是發現可疑人士身上有新聞報導描述中的鯉魚刺青，因此勇敢地追捕罪嫌，進而協助了警方的追捕工作。

該工程師相當低調，只願意向媒體透露自己是課長級別的普通男子，此舉動引起網友們在網路上的吹捧，被網友稱作「抓鯉魚哥」，甚至有網友以「課長級別的抓鯉魚哥」建立粉絲專頁，成為另類正義魔人爆料平臺。

槍擊要犯陳ＸＸ過去常在社群網路上發布偏激言論，指出人口眾多、車輛過多、紅燈秒數太久等社會資源問題，並且曾有在公共場所無差別傷害的犯罪歷史，最近因走私槍械與恐嚇等問題而被警方列為追捕對象，以下是我們的深入報導……

那天夜裡，在某處公園，有三位男子集合在一座涼亭裡，像是談判，像是集會，其實這是他們的分贓大會。

他們有著共同的默契，搶到的東西不可以先打開來看，到這涼亭才能揭曉，搶到越高價值物品的人，可以獲得最高比例的贓物，所以這不只是分贓，也是種競賽。

一位戴著紅襪隊棒球帽的大叔拎著一個 GUCCI 的包包，神情驕傲：「哈，我從貴婦手上搶到這個名牌包，光包包的價值應該就贏你們大家了，根本不需要揭曉裡面有什麼了。」

「哈，依照我的經驗，貴婦一定都是帶信用卡啦，就算有珠寶也會戴在身上，才不會放在包包裡，我想裡面的現金搞不好一毛也沒有，你輸定了！」

「我搶到的是一個剛從銀行 ATM 領錢出來的媽媽，我在觀察時就看到她領了一大疊，我這包一定最貴。」另一位戴著鴨舌帽的小弟神情更是飛揚。

洋基隊棒球帽男子拿出了沉甸甸的曼谷包說著：「我可是從一個優雅小姐身上搶來的，會養狗，還在黃金地段的社區散步，而且這包包這麼新又這麼重，裡面一定有一隻最新款的 iPhone，說不定還有昂貴的首飾呢！哈哈哈哈……」

「不然來揭曉啊，一起打開包包，誰怕誰！」鴨舌帽小弟開始不悅。

「不然這次狠一點，最貴的拿走全部，好不好？ Winner takes all，贏家拿全部啦！」紅襪隊球帽大叔覺得這次自己贏定了。

「不行，我連褲子都被狗咬破了，這次跟上次一樣規則，622 分帳！」洋基隊球帽男子認為堅持是王道。

「不行啦，上次我就分 2，根本不夠，改比例。」鴨舌帽小弟瘦弱的模樣，看樣子真的窮到不行。

「不行，我最近有財務困難，要嘛我空手回家，要嘛我要拿全部！」紅襪隊球帽大叔這次真的被債務逼急了。

「我不管，以前就講好了 622 規則，誰都有財務困難，不是只有你有困難，OK？」洋基隊再豪華，只有洋基隊球帽的男子也還是很寒酸的。

「別吵！照我說的！」

「你才別吵！我褲子都破了！」

「我不管啦！這次我穩贏，我要全拿！」

「不是年紀大就贏好嗎？」

「別吵！」

「照舊啦！」

「贏的拿啦！敢不敢賭，沒種嗎？」

三人在涼亭下吵了起來，開始拉扯彼此身上的包包。

「給我！」「你的才給我！」「拿來！」「別搶！」「你給我放開！」

沁涼的夜裡，附近大樓有狗兒對著天空吠叫：「啊～嗚～！」

一個在公園裡慢跑的歐吉桑，看到涼亭裡吵架的男子們，內心感嘆：『唉！划酒拳還發酒瘋，真是一群瘋子。』

「啊～嗚～！」遠方另一隻狗也回應了叫聲，聲音有點哀淒。

三人繼續拉扯。

「給我！」「你的才給我！」「拿來！」「別搶！」「你給我放開！」

三個包包在三人手裡呈現扭曲狀態，在被拉與被扯之間，包包們糾結成一團。

　　慢跑歐吉桑終於知道自己誤會了：『原來是感情糾紛啊，就算可以多元成家了，也還是只能兩人啊……唉！現在年輕人真是貪心……』

　　三人繼續拉扯。

　　「給我！」「你的才給我！」「拿來！」「別搶！」「你給我放開！」

　　這時剛好不遠處有煙火釋放，一聲「咻～～～！」

　　隨著「碰！」的聲響彈出，似乎有包包被扯破了，包包內的物品被擠弄散開，在涼亭內的小天空爆散開來。

　　「啊～嗚～！」遠方餅乾好像若有所思的高聲吠叫，雖然牠不懂遠方發生了什麼事，但是下次牠散步要是有走到那個公園涼亭，可能會發現自己的氣味。

情報

In·téléiéns

11

電話終於打通了，急死我了，買洗髮精囤貨才是正經事啊！

「喂，華仔，洗髮精，洗髮精哪裡來的？哪裡還有？快跟我說！」

「等等，阿虐，每個人我一聯絡上，都是先問我為什麼跑來馬達加斯加耶。」

「對，我也很好奇，你為什麼要跑到馬達加斯加啊？怎麼這麼難找啊啊啊啊，氣死我了！」

「你氣屁啊，我沒有難找啊，我是這幾天才把手機辦好，在這島上手機門號不好辦啦，而且我語言不太通，哈哈。」

「不通你還去？那洗髮精呢？你給我那瓶洗髮精哪裡買？」

「不行，在任何話題之前，你要先認真問我為什麼跑來馬達加斯加，我才能保持我華仔的帥度，嘎嘎嘎哈……」

「好吧，服了你，你為什麼要跑去馬達加斯加啦？」

「你知道樂團『四分衛』吧，我很喜歡這個樂團啊，裡面的吉他手虎神之前有去過馬達加斯加，我看到他臉書上那張照片後就相當嚮往啊，所以我就來了，怎麼樣？有沒有很屌啊，人生就是要有——」

「要有轟轟烈烈的愛情或是說走就走的旅行，你他媽的，你從大學就成天講這句，快跟我說洗髮精的事！」

「洗髮精？什麼洗髮精？」

「你不要跟我裝蒜哨，洗髮精，成分還有 Lucky Powder 的洗髮精。」

「你說聖誕節交換禮物的那瓶洗髮精嗎？喔，拜託，你也太誇張，你喜歡那洗髮精喜歡到現在一直跟我說這個唷，你 LINE 問我就好啦。」

「你人間蒸發不就是因為那瓶洗髮精嗎？而且我早就傳訊息給你啦。」

「啊我不就已經打給你了，而且後來我也有回你 LINE 啦，你沒看到嗎？你急什麼？我就是個說走就走的浪子啊，怎麼樣，有沒有很屌？」

「媽的，你再跟我裝蒜，我待會直接在大學同學會臉書專頁上發文，說你大學暗戀張雅婷到現在，還曾經……」

「好好好，阿虐，我老實跟你講，但是你不可以跟別人講喔。」

「快點講啦！」

「其實小聲跟你講唷，這說來話長，我簡短說明一下，就我家啊，土地被大建商買走，大賺一筆啦，我家雜貨店就收掉啦，我爸分我一筆錢，我就想說來馬達加斯加看一看，圓一下背包客的夢啊，而且來這很屌啊，你不覺得嗎？光講起來就很厲害耶，你想一想，以後我跟可以跟我孫子說：『恁阿公以前到馬達加斯加探險』，這就超強啊……而且……」

「而且怎樣？洗髮精呢？」

「而且跟你說唷，我從小鐵那邊輾轉聽到啊，張雅婷知道我來馬達加斯加，她覺得我很酷耶，呵呵呵呵……嘎嘎嘎哈。」

「你講的我都知道，我去找過你了，你家巷口賣煙燻滷味的歐巴桑早就跟我說你去馬達加斯加了。」

「什麼？這樣我的神秘度不就破功了，啊，靠腰！」

「怎麼了？」

「我想到剛剛幹嘛小聲跟你講啊，這邊的人又聽不懂中文，哈哈哈，超白癡的，出國了還這麼小心翼翼，哈哈哈哈，不過滷味攤歐巴桑竟然背叛我，她還曾說要介紹她女兒給我認識耶……」

「你再不跟我說洗髮精的事，你待會就會在大學群組裡看到我宣傳你暗戀張雅婷的事，還曾經偷過她的——」

「好好好，兄弟別激動，我不知道你幹嘛這麼在意那洗髮精，不然我給你一個明確的提示好了，你要那洗髮精，你就去找傑森史塔神啦。」

「傑森史塔神？屁～眼人的那個老師嗎？」

「對啊，那洗髮精就是那個屁～眼人給我的啊，哈哈哈！」

「屁～眼人。」

「哈哈哈，幹！你模仿超像的啦，哈哈哈哈。」

「屁～眼人。」

「屁～眼人。」

這個網路的時代，畢業紀念冊也不用翻了，也不需要跑一趟學校，要找屁眼人只要靠網路，看了畢業班的臉書社團頁面，找到了屁眼人去年的留言貼文。

那個貼文我有印象，好像是邀請同學來看看什麼鬼創業機會，因為傑森史塔神平常就太會屁眼人，豪洨久了，雖然總是言之有物，但是大家似乎都不當一回事，竟然按讚的人寥寥可數，華仔就是其中一個按讚的人，他還很有誠意的，額外貼了一個比讚的貼圖。

感覺華仔就是很容易被詐騙集團騙的人啊！可惡！傻人有傻福，現在竟然在馬達加斯加過得爽爽的，好羨慕啊。

點進傑森史塔神的個人頁面，我的老天鵝啊，這大頭照真的是屁眼人本人嗎？傑森史塔神竟然有了飄逸的頭髮，而且這該不會有燙過吧，那厚實捲曲又飄逸的頭髮，讓傑森史塔神竟然變得有點像摔角選手送葬者 Undertaker 啊，再戴個帽子就更像了啊，要是我講給華仔聽，他一定會狂笑啊，有時候有些笑點只有些朋友懂，那種感覺還真是不錯，先把老師的大頭貼存下來，到時候傳給同學笑一下。

哈哈哈，你送葬者 Undertaker，我還江西南（John Cena）呢！

屁眼人果真還在搞些創業活動，貼文都是在講什麼熱血本部說明大會，笑死我了，「熱血本部」，這該不會是從小時候玩的遊戲「熱血高校」系列發想而來的吧，而且海報竟然還放自己的照片，看著傑森史塔神有頭髮的模樣，加上那自信的笑容，加上熱血本部這中二的名字，我忍不住噗哧的笑了出來。

好，為了洗髮精，我決定熱血地參加一下熱血本部說明大會！

看宣傳資訊顯示，最近一場就是今天晚上，Undertaker 我來了！

沒想到辦的地點這麼氣派，這棟建築處處清水模的裝潢，該不會是想要弄成安藤忠雄的建築風格吧，而且老師真的創業有成嗎？這排場也太豪華了吧。

我都已經提早半小時來了，本來以為可以先跟屁眼人見個面聊聊敘敘舊的，沒想到竟然要排隊進場，這邊人也真多啊，好吧，乖乖聽聽看，屁眼人到底在做些什麼，這些素材也夠我跟同學好好笑一笑了，有頭髮的傑森史塔神，哈哈哈。

咦，我似乎聞到了熟悉的味道，這涼涼的香味，茶樹精油，沒錯，就是那洗髮精的味道，排隊的人潮竟然有這味道，果然這邊是洗髮精來源，今天一定要搞個一箱回家才是。

進入會場，發現好多男生都穿著西裝筆挺，女生則是幹練的套裝，搞得好像大家都是成功商務人士，會場前方掛著直立式的旗子，竟然都印上了屁眼人的照片啊，我的天啊，華仔有看過嗎？一定笑死了吧。

「你好，請問你是新夥伴嗎？怎麼沒看過你？」娃娃音的小姐對我說道。

天啊，那套裝也太緊實了吧，那個襯衫扣子好像隨時要彈飛出去了，而且裡面為何故意穿深黑色的內衣，白襯衫根本遮不住啊，有時候裸體並不吸引人，那種若隱若現，想看又看不到才真的叫人抓狂，等等，我昨夜沒有用那瓶洗髮精，怎麼會有被搭

訕的幸運啊，不過，沒關係，襯衫扣子就儘管彈出，射向我吧！射向我吧！襯衫就這樣炸裂開來吧！等等，我有女神阿黛了，我不可以亂看別的女生⋯⋯

「你⋯⋯你還好嗎？你怎麼恍神了，請問你是新夥伴嗎？」

「喔，對，我第一次來。」表情要 Hold 住啊，絕對不能呆，要保持鎮定，保持鎮定。

「你的推薦人是誰呢？怎麼看你一個人？」

「推薦人？喔，我是屁眼人的學生啦！」

「屁眼人？」

「是，是傑森⋯⋯」完蛋，老師本名是啥啊，我竟然忘記，傑森史塔神這名字實在太有存在感了。

「哇！竟然是部長傑森推薦你，也太好了吧！」

「部長？」

「對啊，熱血本部部長，創辦人傑森推薦，也太好了吧，超羨慕的，竟然有這樣的殊榮⋯⋯對了，你好，我叫史黛西，這是我的名片，多多指教。」

「你說的部長傑森，是不是就是旗子上印的那個人？」

「對啊，你不是他推薦的嗎？說明會要開始了，來，趕快找位置坐下吧，還沒問你的大名呢？」

「我⋯⋯叫我阿虐就可以了。」

「阿略你好，我們先去坐下吧。」

「等等，不是阿略，是阿⋯⋯」

突然間大聲的交響樂音樂聲響蓋過了我的聲音，這說明會還真隆重啊，音響喇叭聽起來就很高級。

　　「各位蒞臨熱血本部的事業商與新夥伴們大家好！」主持人聲音中氣十足。

　　「好！很好！非常好！YES！」眾人有默契地齊聲大喊，嚇到我了。

　　「各位大家今天洗了嗎？」

　　「洗！洗頭！熱血洗頭！YES！」眾人再度齊聲大喊，我傻眼了。

　　「讓我們歡迎熱血本部部長，AKA飄逸教主的，傑～森！」主持人用非常元氣的口氣介紹。

　　全場掌聲震耳欲聾，竟然拍手拍了好久，到底有沒有拍了三分鐘啊，媽的，老師到底在搞什麼啊？剛剛主持人說什麼事業商？新夥伴？這該不會是傳直銷老鼠會吧？

　　飄逸的傑森，屁眼人竟然後來英文名字還真的取作傑森，他不知道那是我們同學開他玩笑的嗎？那個昔日頭頂發亮的老師，竟然變飄逸教主，頭髮還真的多到飄逸啊，還什麼熱血本部部長，哇噻，他容光煥發，根本像是變了一個人啊，而且，他的襯衫為什麼要翻領啊，實在太狂妄了吧。

　　掌聲終於在傑森開口後停了下來，「各位事業商與新夥伴們大家好！」

　　「好！很好！非常好！YES！」眾人再次齊聲大喊，我懷疑我到了邪教的集會場所。

　　「各位大家今天洗了嗎？」

「洗！洗頭！熱血洗頭！YES！」眾人再次齊聲大喊，我確認了，我在邪教無誤。

屁眼人，果然跟當年一樣，在講台上依舊言之有物，妖言惑眾，先用一個有趣的笑話破冰，讓場面變得很熱絡之後，再開始要求大家找到不認識的人握手，讓場面更加熱絡，我想我就是那位大家都不認識的人，也太明顯了啊，我不是穿西裝的「事業商」，擺明就是他們所謂的「新夥伴」，握了一堆人的手之後，我終於可以回到位置上坐下了。

坐下後，傑森的眼神竟然跟我對上，他嘴角似乎有著笑意，一定是認出我了。

不會吧，果然，這就是莫非定律，越不想發生的事就是會發生，我被屁眼人拱上台，在邪教群眾的簇擁下，我莫名其妙地上台作示範，先胡亂進行了詞不達意的問與答與簡短自我介紹，沒有推薦人的我，只好硬是報了老師的名號。

沒想到講出傑森的名號，竟然眾人都驚呼，好像很羨慕一樣，到底有什麼好羨慕的啊，被教主寵幸很厲害就是了，剛剛那位史黛西一直看著我，拍手還特別熱情大力，讓我真是感到尷尬啊，這實在太丟臉了，屁眼人看著我似笑非笑。

更扯的是，舞台還設置了機關，竟然默默地把投影牆給升了上去，舞台後方別有洞天，一台洗頭椅就放在那邊，造型幾乎像太空艙了，科技感十足的太空艙下面還有軌道，竟然就這樣把洗頭椅給滑了過來，還滑到舞臺正中央。

其實我有點頭暈目眩，「我是誰？我在哪裡？」，這種念頭油然而生，我幹嘛跑來這邊啊，對了，洗髮精，一切都是為了那該死的洗髮精，我也不知道節目流程到底怎麼進行的，

就在這樣的被簇擁下，我被架上了洗頭椅。

在眾目睽睽下，我被示範了洗頭，沒錯，就是這麼荒謬，而且那涼涼的茶樹味道是那神奇的洗髮精沒錯，百般丟臉下，我只能安慰自己獲得一次洗頭的劑量，明天我一定會過得很順利，應該很容易被爆乳的襯衫扣子打到，對，我在洗頭時就是這麼該死的想到了剛剛史黛西的緊實襯衫，躺在舞台上的我，竟然差點勃起，好險我逼自己想想傑森史塔神的蠢樣，才讓自己恢復運作，媽的，我為什麼要在這裡被洗頭啊！

而且洗頭時，大家都好亢奮啊，這可惡的邪教，我第一次洗頭被這麼多人看，還歡呼啊，怎麼這麼愚蠢，洗頭還要歡呼，我好像赤裸地在舞台上，面子啊，形象啊，榮譽啊，再見了。

洗完的剎那，主持人還拿出拉炮來恭喜我，碰的一聲，彩帶落在我身上，眾人又更加嗨了，全場都嗑藥嗎？還是全場都洗了那洗髮精，那洗髮精該不會是興奮劑吧。

洗完就算了，還要吹乾，主持人拿著吹風機幫我吹乾的時候，背景交響樂又放了出來，當下我真是希望自己是隻鴕鳥，可以把頭塞進土裡，希望大家都看不到我，當土撥鼠好了，往地下鑽，鑽得越深越遠越好。

就像是每次看完牙醫那樣，我的身心靈彷彿都受到了創傷，我百般無奈的還要強顏歡笑，接受眾人的恭喜，不知道說明會是何時結束的，也不知道我到底是怎麼撐過來的，回過神後，我已經在屁眼人的個人豪華辦公室裡。

「哈哈哈，有沒有很爽啊，洗完頭就是爽，阿虐，你來這裡，我真是驚喜、欣喜、滿心歡喜啊！」老師開口說道，老師也終於變成那個我熟悉的老師。

「老師，你變化也太大了，你是怎麼⋯⋯變⋯⋯」我指指頭頂。

「廢話，我賣洗髮精，沒頭髮怎麼行，神奇吧。」

「老師你這是在屁～眼人的嗎？」唉，我真的模仿得很像啊。

「什麼屁～眼人，我這洗髮精可是真的很厲害啊，怎樣，剛剛洗完，有感覺了嗎？」

「其實我從華仔那裡拿到一瓶這洗髮精，我有洗過了，我有很多問題要問你啊，老師。」

「原來是華仔叫你來的啊，阿虐，你來我實在很高興，但是今天我時間不多，畢竟我還有很多信眾、粉絲在外面，我待會還要幫很多人簽名啊，要合照的也很多，我只能跟你敘舊一下。」

「信眾？對了，他們說你是飄逸教主，熱血本部到底是什麼啊？老師你這是邪教嗎？」

「哈，在熱血本部，我根本就是搖滾巨星啊，我帶給大家的，是種希望，是信仰，也是救贖啊，你有感受到剛剛眾人的威力吧。」

「那洗髮精洗了會有問題嗎？會有後遺症嗎？」

「怎麼樣？喜歡啊，加入我們熱血本部事業商，就可以取得這『熱血洗髮精』的配額。」

「加入？配額？可以直接買嗎？」

「嗯，還是不要好了，要自己的學生變成事業商，我這樣有點缺德，這樣好了，你來當我的助手，你要多少洗髮精都不是問題。」

「缺德？華仔以前是你的助手嗎？」

「華仔呀，是啊，不過他不喜歡洗髮精，他喜歡的是史黛西，哈哈哈。」

「史黛西？華仔喜歡史黛西？老師你剛剛說的缺德是怎樣？你這裡是老鼠會嗎？我不是很懂啊，這到底是不是正派經營啊？你可不可以……」

老師拍拍我的肩，引導我到辦公室門邊：「好啦，你當我的助手，明天再來一趟，我有空再跟你說清楚、講明白、錢財自然來。」

「不好吧，我覺得怪怪的……」感覺有鬼，感覺這一切違反了我為人正直的原則啊，來當邪教的助手，阿黛會怎麼看我？我之前還幫警察抓到了通緝犯呢！

「放心，這絕對沒有陰毛的啦。」

「什麼？陰毛？」我的疑惑更多了。

「沒有陰～毛～！」老師很用力地說。

「老師你是說『陰謀』嗎？」這跟屍～眼人有異曲同工之妙啊。

「對啦，陰～牟～，好好好，就這樣啊，我再不出去，信眾、粉絲們都要暴動了……」老師順手把門打開。

還來不及繼續問些什麼，門一打開的瞬間，眾人衝了進來，老師果真像他說的，他在這邊就是搖滾巨星一般，不，是邪教教主一般，邪教教主瞬間被大家包圍、簇擁，我一下子就被擠了出去，遠遠望著老師賊賊的笑容，那飄逸的長髮，還有大家熱情的中邪模樣，我下定決心了，這個地方不能待啊，一定有鬼、有貓膩，絕對有陰毛，我絕對不能當他的助手。

馬子狗

13

阿黛不知如何是好，餅乾一副病懨懨的模樣好多天了，送去獸醫院後，醫生說找不到原因要留院觀察，初步判斷是自律神經失調而造成的胃食道逆流。

阿黛上網查了一下，自律神經失調是長期壓力太大造成的，當一隻狗到底有什麼壓力啊？人家不是都說好狗命好狗命，當一隻家犬應該是無憂無慮啊，吃好喝好，哪裡有壓力？阿黛納悶極了。

阿黛打電話給阿虐求救，阿虐說他公司很多同事都有胃食道逆流的經驗，通常是酒喝多了，或者是作息不正常、常常吃宵夜等等，而提到自律神經失調這件事，阿虐覺得吃維他命 B 群對神經很好，多多按摩狗體，舒緩狗狗的心情，不知道有沒有幫助，阿虐一直要去獸醫院看餅乾，阿黛婉拒了，這種事情電子業工程師怎麼有解決方法呢，還是交給專業的醫生吧，至少電話裡抒發了這不開心的心情，也算釋放了壓力，阿黛想，那自己會不會擔心太多，而也跟著自律神經失調呢？

阿黛還有另一個煩惱，自己有事要回南部老家一趟，雖然獸醫院這時候剛好就可以當作是寵物旅館幫她照顧餅乾，但是這幾天沒能去看餅乾，真不知道牠會不會以為自己被遺棄了，然後身心都變得更加糟糕了呢？

好不容易終於把南部老家的事處理完畢，阿黛歸心似箭，趕回來後第一件事就是趕去獸醫院看餅乾，沒想到一到醫院就被獸醫師說的話嚇到。

「你男朋友有點固執啊，我跟他說狗狗養病期間不要洗澡，他硬是要幫牠洗，而且還要親自來……」

「男友？餅乾呢？」

「正在裡面洗澡啊，妳男友也在。」

「什麼？」

阿黛衝進獸醫院裡面的美容專用小隔間，看到阿虐正勤奮努力地搓揉著餅乾，弄得到處都是泡沫，泡沫還有股涼涼的味道。

「你在幹嘛啊？」阿黛大聲叫道。

「喔，妳回來啦！再等一下啊，再十分鐘就好，快洗好了。」阿虐繼續搓揉著餅乾，餅乾還微微發出嗚嗚的聲音，看樣子是舒服極了，阿虐的頭上還綁著毛巾，一副很日系職人的專業模樣，竟然邊洗還邊哼起了 Aerosmith（史密斯飛船）的〈I Don't Want To Miss A Thing〉。

「你給我停下來，你在幹嘛？狗狗生病體質很弱，洗澡很危險耶！」阿黛鐵青著臉，「而且，誰說你是我男友啊！你到底在幹嘛啊？」

「我在救牠啊，跟妳說我這罐洗髮精很神奇，洗一洗餅乾都容光煥發了，哈哈哈，你說是不是啊，餅乾，呵呵呵。」

「你不要嬉皮笑臉的，狗生病時抵抗力很低，洗澡有可能會造成低血壓，是有風險的行為，你知不知道啊，還有你怎麼亂說自己是我男友呢，你怎麼可以？」

「啊……不這樣說他們不會讓我進來啊，我可是犧牲掉自己珍貴洗髮精的用量呢，妳聽我解釋一下，妳可不可以不要這麼兇啊。」

「你走開，我不想看到你，你現在給我走！」阿黛幾乎放聲尖叫。

阿虐甚至連手上的泡沫都沒洗掉，就被阿黛趕出了醫院。

阿虐離開時，餅乾似乎很捨不得，在醫院玻璃門前一直望著離去的阿虐，還哼出了該該的不甘願。

阿黛把餅乾擦乾後，看到餅乾元氣精神的模樣，激動的情緒稍稍平復了一些。

看到阿黛平復了，獸醫師才緩緩地靠近說：「這位老兄自顧自的說要幫狗洗澡按摩，我們怎麼勸都不聽，這行為當然是不可取啦，但是……他每天都來幫牠洗啊……」

「每天？你們怎麼不打電話來求證，怎麼不跟我說？」

「說實在我們本來想阻止他的，但是餅乾越洗恢復得越好耶，其實基本上第一次洗完就可以出院了，我們都想說妳男友是不是學過什麼推拿的高手啊，幫狗 SPA 完，狗就好得不得了耶，我們還想說讓他幫其他住院的貓試試看會不會一樣好，但是他都不願意，他只幫你家餅乾按摩耶，每天還帶了自己煮的營養餐給餅乾耶，說實在真的很有心啊……」

「你們怎麼這麼不專業啊，你才是醫生不是嗎？怎麼會讓他來這做這麼荒唐的事情呢？洗澡就會康復？要是狗狗低血壓休克了怎麼辦？」

「就因為我是醫生，有發生什麼當然會馬上做緊急處理啊，重點是，我們太難拒絕他了啊，妳男友……不，妳朋友他，他每次一進來醫院裡的模樣，真的很難拒絕啊，他眼睛好像會發光啊，說實在妳朋友真的有心啊，這年頭這樣的年輕人越來越少了啊，我都希望他來這工作了，勤奮又禮貌……總之，托妳朋友的福，餅乾可以出院了唷。」

餅乾一直舔著阿黛的手，活力十足，身上有著涼涼的味道，這味道跟阿虐的味道有點像。

阿黛看著一副什麼病痛都沒發生似的餅乾，內心也納悶了，難道自己不應該這樣發脾氣？願意天天跑來幫餅乾洗澡，還弄了營養餐，願意這樣付出的男人，說實在也真是讓人感動啊，阿黛突然一股罪惡感來襲。

不過阿黛也想到獸醫師說的話似曾相似，眼睛好像會發光，阿虐確實有些時候眼睛會發光，那種精神奕奕的模樣確實會讓阿黛欣賞，這到底是怎麼一回事呢？

ABC法則

14

交響樂音樂聲響起，把現場混亂吵雜聲給一次整頓了起來。

「各位蒞臨熱血本部的事業商們大家好！」主持人聲音中氣十足。

「好！很好！非常好！YES！」眾人齊聲大喊，媽的，我也跟著喊。

「各位大家今天洗了嗎？」

「洗！洗頭！熱血洗頭！YES！」眾人再度齊聲大喊，媽的，我也跟著喊，一副好像很熟練似的。

「讓我們歡迎熱血本部部長，AKA飄逸教主的，傑！～森！」主持人高聲吶喊。

「傑森！傑森！傑森！」眾人用非常有節奏的頻率反覆高喊，還有人握著拳站起來喊。

天啊，這個出場的介紹方式，跟介紹摔角選手，或是介紹NBA球員一樣激昂，他還真的以為自己是搖滾巨星出場啊！

我是誰？我在哪裡？為什麼我現在站在舞台側邊啊？說好絕對不來的，但是最近洗髮精消耗很快，還不是為了餅乾、為了阿黛啊，我都甘願獻上我珍貴的洗髮精了，我幫餅乾「狗洗淋頭」，我自己被罵到「狗血淋頭」，真是得不償失，但是奇妙的是，餅乾恢復的有夠好啊，實在太神奇了，我本來想說狗生病滿衰的，洗一下幸運配方或許有幫助，但是也太扯了，真的就康復了，想一想好像也是，我自己洗這洗髮精的那幾天，皮膚很好，神清氣爽，好像也沒什麼腰酸背痛，肯定事有蹊蹺……

「阿虐？該你出場囉？阿虐？」

屁眼人看著我，我突然驚醒，對，換我了，可惡！

傑森為我的遲鈍緩緩頰：「哈哈，我這學生第一次上台太緊張了，我們大家給他一個掌聲好嗎？」。

在熱烈掌聲之下，投影牆升了上去，舞台後方那造型像太空艙的洗頭椅就在我身邊，我站在洗頭椅旁的踏板上，跟著洗頭椅，隨著軌道一起滑到舞臺正中央，媽的，我真的變成傑森的助手了。

我其實百般不願意，好歹我也是課長級別的工程師啊，現在竟然變成小助手，還是屁眼人的小助手，但是我真的很需要這洗髮精啊，屁眼人說，只要我當他助手，不但可以供應我洗髮精，他之後還會告訴我熱血洗髮精的全部奧秘，為了洗髮精，為了幸運的奧秘，我還特地把衣櫥裡唯一一件，當初用來面試找工作用的西裝給穿來了，好緊，好憋，可惡，出社會後我到底是胖了多少啊？

屁眼人剛才跟我說今天的課程是專屬給事業商夥伴的，所以在場都是加入這邪教的教友們，這氣氛比我之前第一次來的時候還要瘋狂，感覺真的很像邪教儀式啊，怎麼大家的態度，都是意志堅定、全然信服的模樣，是被洗腦了嗎？

傑森在台上講解：「通常我們都會請一位新人上台來洗頭，先透過一開始大家握手認識的破冰後，再加上講師的笑話讓現場氣氛融洽，基本上新人就會卸下心防，在大家的簇擁與支持下接受洗頭，『頭都洗下去了』這一語雙關啊，確實頭都洗下去了，撩下去的感覺，就是加入的好開始，這時候就是 ABC 法則的標準起始步驟。」

雖然我明白這些招都是套好的，但是竟然還有課程在講解這一切，當時被洗頭的我，根本就是待宰的羔羊嘛！傑森史塔神，你真是太神了，把邪教經營得有聲有色啊。

「好，接下來我們請一位夥伴上來充當新人，我們把這流程跑一次，有沒有人願意上來示範 C 的角色呢？」傑森說完，全場所有人都舉手，像是演唱會的歌迷，每個人都嗨到不行。

「我我我！」還有人急於自告奮勇地吶喊，這也太扯了，全場都話劇社的嗎？真會演啊。

傑森不知為何，突然對我使了個眼色，還賊賊地笑了一下，我還以為我這個助手是漏了什麼步驟，正納悶我接下來要幹嘛。

直到史黛西被叫上台來躺在洗頭椅上我才明白，邪教真的經營得有聲有「色」啊！

身為洗頭小助手的我，原本覺得一切都很愚蠢，穿著西裝幫人洗頭也是很愚蠢的事，要是再加一副墨鏡，我可以是 MIB 星際戰警，乾脆幫外星人洗頭。

但是突然間，我發現我站的這個角度，完全就是上帝視角啊，眼前的史黛西就這樣躺在我身前，那乳溝根本無法被忽視，那微微露出的白皙，那緊實的襯衫，為什麼她襯衫要這麼緊啊？可惡！我當下完全覺得不只是西裝外套很緊繃，連我的西裝褲也都很緊繃啊，我的小阿虎，你可要安分啊，底下有整個邪教的人在看啊。

我搓著洗髮精，故作鎮定地幫史黛西洗頭，史黛西本來還閉著眼，她突然睜大雙眼看著我，竟然還對我微微地笑，什麼鬼啊，我上次才幫狗洗頭，怎麼這次就換了一個巨乳辣

妹，實在差異太大了。

史黛西在呼吸喘息之間，胸膛起伏著，我總納悶，那襯衫扣子是用鐵絲縫的嗎？也太堅固了，扣子怎麼還沒彈飛啊，我心臟好難負荷，我內心好煎熬，小阿虐蠢蠢欲動，死定了，我必須要轉移注意力。

有了，傑森史塔神！我趕緊把專注力放在屁眼人身上，傑森史塔神的飄逸噁心模樣，超級適合降火氣的。

「夥伴們在洗頭儀式的時候，也可以向帶來的新人介紹一下這頂級洗頭椅的優點，買一台頂級洗頭椅就可以直接成為我們裸鑽事業商，還附送約一個月份量的小瓶洗髮精，是入門鑽石級事業商最快的方式，而且免運費，免費到府安裝……另外也可以多說明像是這方便的排水系統、人體工學躺椅的設計，大家可以參照指引書的介紹進行話術說明，還有這按摩椅功能……」傑森隨即走向洗頭椅，並按下旁邊的按鈕。

這時候史黛西的白皙乳房竟然開始晃動了起來，這柔軟的波動，我的天啊，這是現場實況啊，這胸部也太大了吧，肯定有F罩杯，我還在夢幻迷幻之中，才明白傑森打開了按摩震動功能，我硬是撇開目光望向遠方，但是眼睛餘光似乎又感覺捨不得地想向下瞄。

扣子快要彈飛了吧，扣子快要彈飛了吧！

我的內心黑羊跟白羊正在拔河，一二煞！一二煞！一二煞！兩隻羊僵持不下，褲襠呈現緊繃又不緊繃的尷尬平衡，我的額頭似乎有冷汗想要流下。

可能震動按摩太過舒服，「啊～！」史黛西竟然嬌喘了一下。

這嬌喘聲瞬間把我勉強平衡的理智線給弄斷了，我一不小心

把泡沫給濺了起來，弄到了史黛西的眼睛。

「啊，我的眼睛！」史黛西連發生意外時也是娃娃音。

我趕緊拿一旁毛巾幫她擦：「啊，抱歉抱歉……」

天啊，男人的觀察力難道都是這時候開啟水之呼吸～全集中嗎？像是慢動作一樣，我看到了小水滴夾帶著泡沫，正往她的乳溝滑去，在白皙的脖子上游走，緩緩滑去，緩緩滑去，滑向深處，滑向神秘宇宙的深處。

再見了，面子；再見了，羞恥心；再見了，熱血本部，這是我第一天當助手，可能也是最後一天，我可能無顏面對邪教的眾人了，畢竟我是個男人，我是一位真男人，再也無法忍耐了，我只能任由我的下半身硬起來了，西裝褲的布料我已經不管它撐不撐得住了，釋放出來吧！奧義，昇～龍～拳～！

「正好！」傑森的聲音激昂了起來：「像是發生這樣的意外，眼睛弄到了洗髮精泡沫，也可以趁這個機會向新人說明，我們的熱血洗髮精溫和不刺激，有弄到眼睛也不流淚的配方，給小朋友洗也很適合，讓小朋友上學活力充沛……」傑森一邊認真地說明，此時洗頭椅滑向舞台後方，投影牆也緩緩降落。

果然，我昨夜有洗熱血洗髮精，幸運之神果然是眷顧我的，我竟然全身而退了，早知道這時候大家目光都在屁眼人的布道上，投影牆也會下來；早知道我剛剛就多看兩眼了。

向史黛西道了歉，其他在舞台後方的夥伴過來幫忙，幫忙洗淨善後，好險沒事了，黑羊與白羊的拔河終於可以結束，我已經用盡我全身的細胞之力，我只想拿到一瓶洗髮精回家就好。

後來我被舞台旁的主持人引導到旁邊的座位坐下，看來還要繼續被屁眼人荼毒一陣子，好吧，這堂課講完，總可以先給我一瓶洗髮精度過這個月吧。

　　「ABC 法則我再複頌一遍，A 就是 Advisor，也是咱們的 A 咖，也就是資深事業商，會幫助你們的領袖；B 就是 Bridge 橋梁，也就是你們，成為新人與熱血本部之間的橋梁；C 就是 Customer，在新人加入，成為我們的夥伴之前，我們都要把他們當客戶對待。」傑森史塔神目光如炬地掃視眾人，言詞相當慎重：「接下來我要跟你們說明 ABC 法則談判技巧，座位要怎麼坐也是很重要的，A 跟 B 夾擊 C，而且不會讓 C 感到不適的座位安排，以及話術……」

　　哇噻，嘆為觀止，沒想到抓人入邪教還有這麼多眉眉角角，騙人都還有專業技巧可以傳授，傑森史塔神果真是當老師的料啊，超級會講的啦。

　　聽傑森史塔神上課，讓我彷彿回到了學生時代，以前聽老師講到我瞌睡蟲附身，現在倒是覺得我在這有點像是社會觀察，原來這就是邪教啊，原來這就是集體催眠啊，原來啊原來。

　　不知不覺，我竟然也默默吸收了所謂的 ABC 法則，雖然我不知道這對我的人生有什麼幫助，反正我們以前在學校上了一大堆課程，似乎也不知道能幫助什麼。

　　終於，課程結束後，我又再一次得以跟傑森史塔神單獨在他辦公室了。

　　「哈哈哈，太爽了，每次得到群眾的熱烈反應，真的是讓我太高興了，再加上今天阿虐你開始來當我的助手，這種跟熟悉的人一起配合的感覺太好了。」

「老師，你可以先拿瓶洗髮精給我嗎？我已經不夠用了啊。」絕對要直接切入重點。

「阿虐啊，你野心不可以只放在洗髮精身上，你也要關注一下洗頭椅，雖然洗髮精是我們的主要商品，但是說實在的，洗髮精利潤就是這樣子而已，利潤最高的就是洗頭椅了，這也是為什麼只要買一台洗頭椅就可以成為裸鑽事業商，今天你應該吸收不少熱血本部的靈魂精髓啊──」

「老師，你不是說我當你的助手就會告訴我洗髮精的奧秘嗎？到底是什麼啊？這是毒品嗎？是不是會上癮啊？Lucky Powder 是什麼啊？」

「毒品？哈哈哈，形容的還可以啦，我倒是比較喜歡說熱血洗髮精之於人，就像是貓薄荷、木天蓼之於貓，這樣你有聽懂嗎？」

「什麼啊？是費洛蒙嗎？洗髮精有這功效？」

「也不是費洛蒙，這奧秘我會慢慢跟你說，畢竟你只來當一天助手，如果你繼續幫我，我再陸續跟你說。」

「那你總要告訴我，洗這洗髮精有沒有壞處啊？我頭都洗下去了耶！」

「啊唷，有學到我精髓唷，一語雙關，很好很好，孺子可教也，糞土之牆可污也。」

「什麼糞土之牆，老師你快說啦。」

傑森史塔神緩緩站了起來，從旁邊拿了一個提袋給我：「好啦，這瓶先給你用，你別擔心，頭就好好的洗，老師我自己也是用這個洗，所以頭髮才這麼飄逸，好嗎？」老師作勢又

要把我趕出辦公室了。

「啊，該不會又是你簽名拍照的時間到了？」

「你真是太有天分了，真會察言觀色，華仔要是有你一半聰明就好了。」

「華仔？」我突然都明白了：「華仔該不會就是當你助手時幫史黛西洗頭，所以開始喜歡史黛西的？」那對豪乳又瞬間飛進我的腦海裡，扣子到底什麼時候會彈飛啊？

傑森史塔神把門打開了，在瘋狂熱情邪教徒衝進來的剎那，我看到傑森史塔神對我擠了一下眉毛又露出那賊賊的笑容：「你真是太有天分了，哈哈哈……」

奇怪，華仔如果喜歡史黛西，為什麼他要跑去馬達加斯加啊，他應該繼續待在這裡啊，近水樓台先得月，難道這基本道理他都不知道嗎？那他原本喜歡的張雅婷怎麼辦？

我趁著混亂用肉身保護懷裡的那袋洗髮精之餘，終於擠出了辦公室，這時候口袋裡的手機震動了起來，來電顯示是「女神阿黛」。

熱血洗髮精真的神效啊，今天在台上避災之後，幸運女神再度眷顧啊。

「喂？阿黛，我以為妳不理我了呢？」為了避開吵雜聲我邊講邊跑去沒人的地方。

「我……我沒有不理你啊，我……是想說……你這麼關心餅乾，其實你也很努力做了這麼多，我是要跟你說，餅乾出院了，牠很好，總之……謝謝你之前的幫忙。」

「喔，出院就好，沒事就好，太好了，呵呵呵。」

「你其實可以一開始就先跟我說啊，你這個人就是這樣，太木訥了，其實……其實除了你什麼都可以跟我說清楚之外，我是很想要田園玉米的……」

「什麼？田園玉米？」感覺電話聲越來越不清楚，收訊有點不好。

「對啦！田園玉米，哎唷……人家不講了啦，討厭。」

阿黛掛上了電話，留下莫名其妙的我，田園玉米？怎麼突然提到玉米啊？是約下次要吃玉米嗎？而且她最後在害羞個什麼勁的？

不過，可以跟阿黛和好，真是太好了。

水泥球直衝到月球

Róck Me tó The Möön

到月球

15

夜裡，我往公司最深最陰暗的那個角落走去，我打開「爆！！吉他社」社團活動的會議室大門後，順勢喊一聲通關語：「爆！」

迎接我的是一片安靜。

奇怪，燈亮著，甚至微微還聞到有人在社團辦公室裡吃便當的餘味，應該是有人先來了啊，而且有音箱的電源沒有關，肯定剛剛有人，大夥呢？我今天沒有特別早來啊。

坐下來隨手拿一把木吉他亂刷，想說用手機找一些樂譜，卻發現一堆未讀的 LINE 訊息，有社團群組的、有朋友的，其中竟然有傑森史塔神傳來的訊息，這真是新鮮了，屁眼人傳訊息給我倒是第一次，所以我馬上點開。

『阿虐，我知道你相當有天分，想讓我傳授熱血本部的終極奧義給你，就想辦法帶多點人來加入會員吧！洗！洗頭！熱血洗頭！ YES ！』

噗，當了助手還不夠，還要讓我當業務啊，屁眼人真是貪心，當人老闆的都是這樣嗎？艾力克斯也是這樣，總是能把人壓榨殆盡。

我聽見辦公室外有腳步聲跟喧譁聲，看樣子大夥要出現哩。

「爆！」眾人大聲呼喊，湧入社辦公室，沒想到幾乎爆字輩的眾人皆來了，突然電燈被人關上，畫面一暗，報國拿著蛋糕進來，燭光搖曳著，暴風、爆開、鮑伯，還有一些新面孔，想必又是潛在性新社員，有男有女，大家開始齊唱生日快樂歌。

等等，我生日還沒到啊，對哼，快到了，竟然自己日子

過到都快忘記了。

看著大家的臉孔在燭光映照下，突然覺得社團的朋友們相當可愛，竟然準備這生日驚喜給我，我深深地享受並記住這美好的畫面，即使原本他們有些人很愚蠢很機車，現在都變成了可愛，我笑得開懷，一起唱著歌，感動不已，甚至有些激動，我開始擔心，該不會再唱下去我的眼淚就要潰堤了吧。

我腦海開始浮現了過往社團的場景，大夥一起歌唱，每次我彈那些白癡的歌曲後，大家狂笑的掌聲，還有那些過往一起出遊、一起抱怨工作的經歷，滿滿的情感，真是一群好朋友啊。

我也在燭光中觀察到，那些新來的男男女女，那些男男都盯著女女看，這套邏輯我早就明白，而那些女女中只有一位特別亮眼，笑容還有酒窩呢，想必那些男生都是為了這位酒窩女生來的，可惡的是，酒窩女孩還穿著有夠短的熱褲，熱褲這名字顧名思義就是讓人看到會覺得身體發熱，可惡的是，為什麼來上班可以穿短褲啊，這只有女生職員辦得到，而且要腿好看的人才辦得到，而且絕對沒人會抱怨，賞心悅目的畫面向來不會被抱怨。

而其他跟來的女生，我猜測應該就是屬於那位酒窩女生旁邊，擔任丫鬟的角色，不然就是新來男生中的女性友人，友達以上、戀人未滿，因為戀情需要酒窩，愛情需要美腿，而缺乏這些優勢的，就只能是好哥們而已，而酒窩女生眼睛只盯著蛋糕，想必是喜愛甜食，殊不知她現在就是眾男人們眼中的甜食，社團男女食物鏈，我清楚在生日歌聲中瞧見。

啊，身為社長的我，在感觸之間還是不自覺散發出管理這團隊的敏銳度，今天目標就是把亮眼女生成功加入社團，其餘雜魚蒼蠅也會隨之加入，鞏固軍心之秘訣，就是掌握甜點啊！想到這裡，我也能明白為何大家會為我慶生了，畢竟我向來都是含辛茹

苦、心心念念，以社團利益至上的好社長啊，總是為大家著想的我，果然也會被大家惦記著，待會許願我一定要來許個社團興隆大躍進，不然就是祝福大家心想事成，感謝的詞已經默默地在心中擬了稿。

爆風笑著說：「好，讓我們歡迎今天的人面壽星，報答！」

報答（米蘭達）被抱膝（露西）從門外被推了進來，這兩位是唯二還在社團的女性老社員，大家繼續唱第二遍生日快樂歌，還有人歡呼尖叫，場面極度熱鬧，報答表情喜孜孜的。

『等等⋯⋯什麼？這什麼情形⋯⋯報答生日？原來⋯⋯原來不是幫我慶生啊⋯⋯』笑臉差一點就垮掉的我，趕緊故作鎮定，還刻意把歌唱得更大聲，一起炒熱氣氛。

心事重重的我，也不知道是怎麼度過接下來的時光，只知道蛋糕我都已經吃掉一半了，看著大家哈拉聊天那歡樂的神情，我不禁試想，假如昨夜我有洗熱血洗髮精，難道今天的驚喜就會降臨在我身上嗎？洗髮精怎麼可能改變事件的推進呢？怎麼可能會改變別人的慶生計畫呢？過往那些萬中選一的幸運，又是怎樣被觸發的呢？或是假如透過洗髮精的加持，讓我今天唱歌又意外順利好聽，然後又能觸發什麼幸運的事呢？酒窩女孩就這樣深深愛上了我？不，這不一定幸運啊，其他蒼蠅會恨死我啊，搞不好引來嫉妒，那麼很衰的事情發生，又是怎麼觸發的呢？這群小王八蛋只記得女生的生日，社長生日難道忘了嗎？不過說實在我也沒在記別人的生日，我也是個小王八蛋，我不禁陷入思考的迴圈中，簡直跟哲學命題一般，滿滿地惆悵油然而生。

總之昨夜沒有洗熱血洗髮精就是件錯誤的事，我到底在幹嘛啊？

「喂，爆虐，你沒有看群組訊息嗎？竟然先跑進來社辦，不是約好一起嗎？」報國邊吃蛋糕邊問我。

『原來如此！』是我自己我錯過了社團群組訊息啊，我從雜亂思緒中驚醒，「喔，我沒看到你們，就先進來等了啊。」

「今天有創作歌曲嗎？哈哈，要很爆笑的唷。」

「有，我最近又寫了一首蠢歌，叫作〈水泥球直衝到月球〉。」

「水泥球直衝到月球，哈哈哈，聽名字就超屌的啦！」

這時候我看著報國鼻子上突然被人抹上一坨奶油，正想要笑他，隨即報國就把手上的蛋糕往我臉上砸，還喊了一聲：「爆！」

我用手從滿臉奶油中挖開一點視線，眼前已經打起奶油大戰了，我馬上抓了一把蛋糕就往暴風臉上塗，暴風掙扎下踢翻了桌上的汽水，鮑伯竟然索性就把汽水拿來到處潑人，又叫又笑，一群人幼稚地打起仗來。

酒窩女生被蛋糕奶油波及後，竟然哭了起來，然後轉身就跑走，用她那白皙的美腿快步跑開，好像跑過的路徑還會殘留一點點香味般，那些女性丫鬟與男性隨扈都隨著香味追了上去，像是追逐那稍縱即逝的愛情，就這樣，留在社團辦公室的我們，動作都靜止了起來。

「幹，妹子又跑掉了。」

「我們是不是太過火啦？」

我們老社員彼此互相看了看，又是熟悉的面面相覷，暴風還在舔臉上的奶油，本來大家像是闖禍的小孩，沮喪和失望懸浮在空氣中，但隨即又看到彼此臉上塗滿奶油的愚蠢模樣，大家又大笑了起來。

「我們再這樣下去，以後都招不到新社員了啦！」

「重點不是新社員，是新的『女』社員！」

「嘿，現場還有我們女社員在，我們不是女生嗎？尊重一下好嗎？」

「妳們是好兄弟啦！」

「還不是你先開第一槍的，玩食物，你會給雷劈的啦。」

「這個奶油拿來敷臉有保養效果啊。」

「欸，妳剛剛説的好兄弟，是中元普渡的好兄弟嗎？哈哈哈……」

「去死啦！」人面壽星報答一腳飛踢過去。

大家一邊吵一邊收拾善後，把亂七八糟的殘局一起收拾乾淨，當壽星的報答還拿著拖把在拖地，鬧劇在打掃中劃下了句點。

在離開公司的路上，只剩下我們幾個男生，鮑伯突然語重心長地説：「欸，你們覺得我到底何時才會交到女朋友啊？」

「你還年輕啦，要擔心的是我吧，我覺得我髮際線越來越高了耶。」暴風擔憂道。

報國笑著説：「幹，沒頭髮了，那你上次幹嘛叫大家一起團購梳子。」

「哈哈，你講話好賤唷！」爆開笑到岔氣。

鮑伯繼續有感而發：「我覺得社團一直沒有妹子，我們應該向外發展。」

「既然這麼想要有妹子，那你們覺得這個如何？」我拿出手機秀出一個 IG 帳號的畫面，大家紛紛圍過來看。

「這什麼？這是商學院面試場景嗎？怎麼大家都穿 OL 的衣服啊？不然就是穿西裝。」

「沒有，我覺得這是 SOD 拍攝場景，哈哈哈。」

「欸，妹子很多耶，為什麼還有洗頭的照片啊？」

「哇靠！這個妹子的襯衫扣子快要爆掉了吧！」照片滑到了史黛西。

「我看我看，這⋯⋯這簡直人間兇器！」

「我比較喜歡旁邊這位，超清純的啦，這個可愛。」

「喂！爆虐，這到底是什麼？女生好像很多耶！」

「上面寫地點是⋯⋯熱血本部？這是什麼啊？你快說！」

其實這 IG 上的畫面大多都是說明會的花絮，或是活動廣告，大致上都屬於正經不已的商業活動照片，但是男人有看到黑影就開槍的本能，越是不透明，越是只看到些許端倪就能發揮無限大的想像力，更何況照片中出現史黛西那快要爆掉襯衫扣子的模樣，大家都快暴動了。

我又想起了剛剛那個訊息：『阿虐，我知道你相當有天分，想讓我傳授熱血本部的終極奧義給你，就想辦法帶多點人來加入會員吧！洗！洗頭！熱血洗頭！YES！』

把他們找過去是好是壞呢？害他們去邪教好嗎？但是熱血洗髮精對我有如此幸運的功效，這幫兄弟如果也能幸運無比的話⋯⋯

今日滿滿地複雜情緒讓我決定豁出去了：「熱血本部主要是賣洗髮精的，妹子是很多沒錯——」

「那你怎麼還不趕快帶我們去！」

「但是那邊是用傳直銷的經營模式──」

「你怎麼會知道這間公司？」

「其實這是我以前的老師創立的──」

「襯衫扣子快爆掉那位有在那邊嗎？」

「有，她叫史黛西。」

「幹，你還叫得出名字，已經認識囉？」

「那妹子真的很多嗎？」

「其實那邊產品確實是不錯，那個洗髮精──」

「還不快帶我們去！」

「好啊，都去！全社團都來去！」

今天我的〈水泥球直衝到月球〉這首歌沒能唱出來，反而是讓爆！！吉他社直衝到熱血本部了。

巨大的轟鳴

Fire in the hole

16

有時候想一想，説不定我天生是做傳直銷的料啊，隨意高聲一呼，人滿為患，不，應該説是人才「擠擠」，隨便找都能夠找到一群人擠來擠去，還是我去加入黑道，會不會也可以收到一堆小弟呢，原來社團的經營之道，就是掌握了金字塔頂端的神秘精髓啊，我為何自甘墮落只當一位小小的課長級別工程師呢？

而且我想出這個好方法的時候，甚至沒有用熱血洗髮精呢！不靠幸運，完全是靠我自己這個小腦袋瓜想出來的啊，顆顆顆，越想越崇拜自己。

今天，「爆！！吉他社」的大家都被我找來了，飢渴的爆字輩公狗們，連幾位女社員也跟來湊熱鬧，甚至有許久未露面的資深社員也都來了，還有社員的朋友的朋友，我根本不認識的人都來亂入，也好，多多益善，大家通通都擠在熱血本部的説明會現場，好不熱鬧。

熱血本部需要會員加入，需要客人買洗髮精跟洗頭椅，找來這大群朋友來，算是給傑森史塔神十足的面子了，你們會不會成功推銷就各憑本事，但他們買不買就屬於願打願挨，自行銀貨兩訖了；而吉他社公狗們需要的是聯誼活動，熱血本部這邊妹子多多，自行自由媒合，我這媒人可是已經幫大家引薦了，交不交的到女友就各憑本事了。

想到我把兩個組織給大融合，實在功德無量，而且洗髮精如此幸運，我如此無私大愛的分享，根本造福人群，值得頂上一百八十層天堂啊！

「奇怪，大家都到了，暴風跟爆開呢？」我在會場的座位區望了望。

報國似笑非笑：「喔，暴風說他緊張，先到外面抽根菸，而爆開已經在那邊跟一個女生搭訕了，呵呵。」報國手指向爆開時，我就看到爆開果然在一旁展開渾身解數。

　　「抽菸？但是說明會快要開始了耶，那我們先幫他占位置。」我往會場後方望去，剛好眼神對到傑森史塔神，傑森史塔神對我露出相當激賞的笑容，想必是對我找來這麼多人感到滿意，我對他比個讚，也感謝他今天讓我不用當助手，讓我在會場內，好好招待我的朋友們。

　　「等等，這一大包提袋是什麼啊？」我踢到報國腳邊的袋子，感覺沉甸甸的。

　　「爆虐社長，這整袋都是煙火啊！讚讚的。」鮑伯神情相當雀躍。

　　「煙火？帶煙火來幹嘛？」

　　「哼，我們都想好了，待會直接約一群妹子到附近疏洪道那邊放煙火，團體聚會邀約比較不容易被打槍，而且，放煙火多麼浪漫，愛情就是在這個時候滋長的啦，哈哈哈……」鮑伯的表情像是已經交到女朋友似的。

　　「所以結束後要續攤唷？」我一邊問一邊對於報國似笑非笑的表情相當在意，接著問：「你到底在忍笑還是想笑啊？」

　　報國終於岔氣笑出來了：「哈哈哈，想到我就受不了，你想想暴風他都髮際線恨天高了，他竟然還來參加賣洗髮精的說明會，沒頭髮還洗什麼？笑死我了……哈哈，難怪他會緊張到外面抽根菸，哇哈哈哈……」

　　「哈哈哈，你講話真的很賤耶！」報答聽到了，跟著狂笑。

「其實那位創辦人，你別看他現在這樣頭髮飄逸的模樣，他以前可是禿頭呢，可見這洗髮精多厲害。」沒想到我已經開始推銷了，難道我身上流的是天然的業務血。

鮑伯根本不管大家，拉開提袋興奮地介紹：「你們看，不只是璀璨煙火的浪漫，我還有準備讓女生嚇到怕怕、討抱抱的大龍炮，最後再用仙女棒作溫柔安撫的收尾，有沒有高招，嘿嘿……」

報國接著說：「記得，爆虐，那個叫什麼史黛西的你不是認識嗎？你記得也要找她會後一起去放煙火唷。」

鮑伯賊笑說：「大龍炮爆炸的時候，或許她襯衫的扣子就會噴飛了！哈哈。」

「哈哈哈，我聽到了唷！」暴風走來座位跟我們會合。

這時候大聲的交響樂音樂蓋過了大家的嬉鬧。

「各位蒞臨熱血本部的事業商與新夥伴們大家好！」主持人聲音中氣十足。

「好！很好！非常好！YES！」眾人齊聲大喊，一如往常。

「各位大家今天洗了嗎？」

「洗！洗頭！熱血洗頭！YES！」眾人再度齊聲大喊，照劇本演出。

突然間，遠處傳來「碰！」的一聲，會場突然停電，變得一片漆黑，而原先沒有察覺到的背景噪音、空調聲響突然消失，更顯得整個會場像是瞬間失去了動力的船隻。

眾人驚呼，大家開始紛紛發出噪音與疑惑，主持人大聲呐喊似乎想說些什麼安撫大家，但是沒了麥克風，聲音也是

被眾人驚訝的不安聲給淹沒了，聽不太清楚，唯一的小小光線是逃生門上的逃生指示燈，還有旁邊配置的緊急照明燈，但是會場依舊相當昏暗。

暴風低沉地說：「我這邊有打火機，不然先照一下，我們找路離開會場？」

「你不會用手機唷？」我才剛回他，就看到暴風已經點著了打火機，金屬的敲擊聲隨著火光一起出現。

「啊！」暴風一個不小心把打火機給丟了出去，我就眼睜睜看著打火機伴隨著火光飛出去，像是慢動作般，那星星火光在我們眼前掠過，往報國的腳邊方向墜去。

『慘了，鮑伯剛剛手提袋還沒拉上！』我心裡發毛。

碰！咻咻咻——！碰碰碰！碰——！嘩——！

一連串煙火爆竹引燃，從報國腳邊開始爆炸，沖天炮放射亂飛，有煙火炸上天花板後，放出鮮豔的火光，還有煙火從天花板反彈撒下，金光閃閃，一片火光四射，接連發出極大的聲響。

大家被爆破聲響嚇到，四處尖叫聲連連，靠近火光的大家都爭先恐後地逃難。

報國已經臥倒在一旁，我們也背對爆炸處逃離，撞倒了人，踢到了椅子，跌得歪七扭八。

在混亂之中跌到了椅子旁，受椅子的保護，可以算是暫時逃到安全的隱蔽處，在跌倒的疼痛感下，還是可以感受到爆竹火光的炙熱與巨大聲響，漆黑的會場也被爆竹給點出陣陣亮光，煙火到底是買了多少啊，整個爆炸的欲罷不能，尖叫聲跟炮竹聲不絕，聲響持續，我微微往爆破處望去，竟看到像是炸寒單爺般的

畫面出現，鮑伯竟然在煙火中像隻猴子似的胡亂飛舞，被炸得手舞足蹈，那一剎那的荒謬感，竟然讓我想笑。

不知道是炸了多久，聲響終於停止，會場雖然漆黑但仍舊可以感覺到濃濃的煙霧瀰漫，可以感覺到許多人正迅速地往會場門外跑離，我趴在地面，剛剛撞到椅子的腿疼痛不已，而在我身旁的暴風一手扶著像是被撞傷的下巴，一手一直拍著我。

「幹嘛？你還好吧？」我聲音像是發抖。

暴風一直不斷拍我，一邊咳嗽一邊指著走道的一端：「喀……喀喀……快看啊！快看啊！」

「看什麼？」

我往他手指的方向望去，看到一個女子 Orz 般地半俯臥跪著並向著我們，而從我們的角度望去，剛剛好看到超級明顯的倒奶乳溝，而且乳溝上有綠色的光芒，那光線是來自旁邊牆壁上發光的逃生指示牌呀，煙霧朦朧下，此刻竟然出現相當夢幻的畫面啊。

是史黛西！

史黛西摀住耳朵不斷搖頭晃腦，像是害怕極了，而不搖頭還好，一搖起來，那倒奶乳溝開始搖晃，實在是逼死人。

在這種情況下還能有閒情逸致看乳溝，我又驚又喜又錯愕，我回神轉頭想白一眼暴風，暴風一邊咳嗽一邊笑：「呵呵呵……喀……喀，很讚齁！」

我忍不住也笑了出來，我倆竟然擊掌慶祝。

蛤？！

Whät the fûck

17

我知道我熱得發燙，像微波御便當
人氣超旺，凡人無法擋～

人生多美好，洗洗熱血洗髮精，去去霉氣，茶樹精油的香味，溫柔不刺激的配方，洗完頭皮涼爽，冰雪聰明，我的生命完全進階，心情愉悅到連歌都唱了出來。

熱血本部被煙火炸得亂七八糟的意外事件，我原本以為我死定了，傑森史塔神一定不會原諒我的，別說什麼洗髮精的奧秘，搞不好連洗髮精也不願意供貨給我了。

但萬萬沒想到的是，不知道誰報的案，煙火意外後有消防隊前來，不知道是不是莫名其妙被某些會員蠱惑，竟然有消防隊員訂了好幾張洗頭椅回去，還引發各消防分局的團購熱潮，而社團的朋友也因為不「炸」不相識，疏散離開會場之後跟熱血本部的許多會員妹妹認識了起來，也有不少人跟著妹妹加入會員，也買了洗髮精。

然後這起事件的連帶效應還不只這樣，因為這起意外上了地方新聞，幫熱血本部打了免費的廣告，後續的說明會場場爆滿，還有人說想去說明會單純是因為想去煙火爆炸的所在朝聖，是新的都市傳說，甚至連那個販賣煙火的業者，還主打什麼只釋放精彩，不燃燒家具的安全特性，業績大好，還特地跟傑森史塔神道謝，又捧場訂了幾張洗頭椅，這一連下來的業績聽說是史上最佳。

我雖然覺得很扯，但是這個世界連洗頭髮都能幸運了，又有什麼事情不會發生呢？

而傑森史塔神龍心大悅送我一大箱洗髮精，還說未來無限量供應，現在洗根本不用太省，嘿嘿嘿，所謂幸運這件事

啊，取之不盡，用之不竭，絕對不再省著用了。

　　這天，我騎著車去上班，車鑰匙上掛著那試管造型的鑰匙圈，在途中晃來晃去，我望著那洗髮精溶液，內心滿是歡喜，又是新的一天，美好的一天。

　　或許機車鑰匙很快就會換成汽車鑰匙也說不定，這幸運功效實在讓我行雲流水啊，搞不好今天公司突然宣布，課長級工程師通通發一台車，顆顆顆，哈哈哈，我這樣想實在太誇張了，哎唷，領到車之後，以後還要多繳牌照稅，好困擾啊，哈哈哈，還要煩惱找停車位，哈哈哈，反正有洗髮精，車位應該超好找吧！

　　今天非常不想上班，真希望上班過程不要被打擾，這個小心願馬上心想事成。

　　艾力克斯，還有所有大主管一早就都被找去開會，太好了，其實工作的時候，所謂的效率這件事，常常都是被主管們打擾，造成員工效率不彰，更多的時候是，主管突然急需要一份簡報，需要你拋下手邊所有的工作，全力先完成他的燙手山芋，而且常常把一號芋頭修改成五號芋頭後，搞了半天最後又變成將一號芋頭交出去，人生所謂的空轉內耗就是如此，報告即是空，空即是報告，嗚呼哀哉。

　　沒人吵我，本來要寫的報告也還不急，那先來上網搜尋一下阿黛想要的「田園玉米」吧，這到底是哪個地區的玉米有這樣的稱號啊？

　　在搜尋欄位打上田園二字的剎那，我竟然想到了 AV 女優園田美櫻，接著 Google 圖片就搜尋到大量園田美櫻的美照跟 AV封面圖，火辣辣的畫面在螢幕上刺傷了我的眼，我驚嘆了一聲，

馬上把視窗關掉，這可是在公司啊，我到底在幹嘛，聽說公司 MIS 單位都會紀錄員工上班時的上網動向跟流量使用，身為課長級工程師的我，怎麼可以被抓住尷尬把柄呢？不過如果被抓住了，或許幸運如我，還會被褒獎說怎麼這麼有品味啊，審美觀真好之類的，顆顆顆，想到這裡，我竟然還想到另一位女優桃園怜奈，1A0B，只命中一個字我也都能聯想，我真的是貨真價實的真男人啊，想一想這件事如果講給華仔聽，或是講給吉他社的朋友們聽，應該是很好笑，我都能想像的到他們愚蠢的笑聲了。

接著我在網路上只看到了特級義大利田園玉米濃湯，還有許多地方小農標榜有機栽種的玉米，看來阿黛一定是喜歡吃玉米，我還在想是否要宅配一箱特級義大利田園玉米濃湯沖泡包給她，不過這樣太沒誠意了，還是說乾脆下次租車載她去有廣闊田園的鄉下地區走走，順便採採玉米，好不容易阿黛現在又理我了，我可要好好把握，或許不用租車，待會公司就宣布要送車了，有沒有這麼誇張啊，哈哈哈。

離午餐還有好久啊，不然先傳 LINE 訊息給華仔，看他在馬達加斯加過得怎樣，順便跟他說傑森史塔神的近況，還有他的史黛西。

『華仔，我有去找傑森史塔神了，我都知道了唷，你在那邊當過助手，而且我也知道了你喜歡史黛西的事了。』我打完送出後，還多傳送一張鬼臉的貼圖。

沒想到華仔竟然秒回：『靠夭，屁眼人真的很大嘴巴耶。』

『咦、你現在可以回訊息唷，沒有時差問題嗎？你喜歡的那位史黛西身材也實在太⋯⋯，我擔心她襯衫扣子會炸裂。』

『時差？流浪異國、夜夜笙歌的日子還需要管時間嗎？今天是星期幾我都不知道呢。說真的，這種穿襯衫套裝的 OL 風格根本就是我的菜啊，我也總覺得某天她的襯衫扣子會飛出去，不過一直沒飛出去不要緊，以後我會直接親手解開，哈哈哈！』

『那你還去馬達加斯加？為何不在台灣繼續追她？』

『我就是聽她說過，她最喜歡那種背包客浪子形象的男人了，說走就走，遊走天涯，因壯遊而偉大，所以我才會跑來當背包客啊。』

『幹，你之前不是說你是因為看到四分衛樂團的虎神有去過馬達加斯加你才去的？』

『也是原因啊，出走是為了塑造浪子形象，而選地點就參考虎神啦。』

『你還真是行動派啊，那張雅婷怎麼辦？』

『唉，從學生時代追到現在，會追到早就追到了，我是該放棄張雅婷了啦，那你呢，你的女神阿黛呢？追得還順利嗎？』

『說到這個，我就想問洗髮精，你知道嗎？我拿這洗髮精去洗阿黛家的狗，狗本來在生病，洗一洗就好了耶，超神奇啊！』

『哈哈哈，笑死我了，怎麼會用這洗髮精幫狗洗澡啊，該不會是屁眼人叫你拿狗做實驗唷？』

『別提了，總之因為我這樣子亂搞，阿黛還一陣子不理我呢，現在感覺是好轉了。對了，那個熱血本部感覺就是邪教啊，你怎麼會跑去當老師的助手啊，你是為了洗髮精嗎？』

『我就是在熱血本部那棟大樓的樓下遇到史黛西啊，一個身材這麼好的正妹跟我搭訕，我能不接受嗎？』

『蛤！她跟你搭訕？你不是因為屁眼人才去的唷？』

『說搭訕是假的啦，其實我也知道她就是要推銷我進傳直銷啊，我就是答應進去聽說明會才發現原來這公司是屁眼人創立的啊，就這麼巧跟傑森史塔神搭上線，就這樣莫名其妙變成了助手啊，你也知道，我之前工作的店長太雞歪，我剛好想要換工作，老師又說跟熟識的人比較好配合，然後我又為了看史黛西，所以就這樣囉。』

『原來如此，所以你又為了史黛西要遠離這裡，這也太妙了。』

『為了靠近，所以我遠離；為了追求，所以我放棄，怎麼樣，有沒有很詩意，有沒有很浪子啊？』

『少來，還不是因為洗髮精功效，你家才會被收購，不然你哪來的錢？』

『兄弟你這樣講就不對了，洗髮精哪裡有這麼神奇啊，收購的計畫，好幾年前就開始溝通規劃了，而且錢我老爸不分我，我也拿不到啊，這不是我能控制的事耶。』

『難道你沒有體會到洗髮精的功效嗎？我說的是，連狗生病都會好的功效耶？』

『兄弟你是不是班上得太多，壓力太大，腦子都不清楚了，我不是很懂你在供三小。』

訊息傳到這邊我納悶不已，立馬直接撥語音通話給華仔，講了好久。

從華仔真摯的聲音聽來，他沒有說謊，他是一如往常的華仔，就算有洗髮精的他，他也還是會衰事連連，畢竟他天

生就帶賽。

而我一五一十地把自己洗完洗髮精後遇到的幸運過程都講給華仔聽，華仔只覺得很誇張，應該就是碰巧剛好而已，他自己用那洗髮精倒是沒有什麼特別的事情發生，他認為人在幸運的時候跟在衰的時候，是怎麼擋都擋不住的，華仔也終於了解為什麼我對這一瓶洗髮精這麼地執著，他針對這一點瘋狂地笑我，知道我為了洗髮精找到屁眼人，現在還變成了屁眼人的助手，更是笑到不行，一直到掛上電話後，我幾乎還能聽到他笑不停的聲音，嘎嘎嘎哈，有夠機車的笑聲。

奇怪，這真的是我的親身體驗啊，那今天騎車上班一路順暢，早餐也不用排隊就買到了鮪魚蛋餅，不是洗髮精功效是什麼？今天的幸運是肯定的啊？這些納悶充斥在我的腦海裡。

這時候老闆們開會完畢，紛紛走回位置上，艾力克斯走到我旁邊皺著眉頭。

「阿虐，我剛剛很努力地幫忙擋了唷，但是實在擋不住上面的壓力了，你也知道現在公司費用緊縮，為了不砍人，我們要增加自己多功能的價值，這次有兩個新案子相當複雜，會需要我們單位協助分擔，我想我們單位就派你來負責支援這兩個案子吧！」

「蛤？什麼新案子？那我要做什麼？」

這是時勢造英雄的好機會，給我飛黃騰達的時候，還是說今天的幸運只到現在而已？怎麼有種不妙的預感啊，華仔啊，該不會這都是我自己誤會的假象啊？傑森史塔神？你可別屁眼人啊啊啊啊啊，昨夜明明有洗熱血洗髮精的，該不會是用量擠得不夠多吧？還是說那瓶洗髮精要過期了？那些幸運難道真的都是碰巧？

「下午你就代表我們單位參與案子的開案會議吧！」艾力克斯拍拍我的背：「我相信你一定沒問題的！」

　　「蛤？！」

　　What the fuck！這是洗髮精幫我安排的幸運路徑嗎？怎麼感覺不對勁啊。

瘧疾王

Diarrhea

18

入夜了，夜晚來了一場大雨，唏哩嘩啦間，像是愁雲慘霧地在醞釀些什麼，城市裡蔓延著潮濕的味道。

阿虐加完班穿著雨衣騎車回家，他內心有些無奈，即使今天加了班也是徒勞，面對兩個新的大案子，莫名其妙承接一堆業務，可以預期的是，接下來日子不好過了，雨打在阿虐身上也洗不了他的煩惱，煩惱的不只是案子，而是他明明洗了熱血洗髮精，為什麼幸運的效果消減了，尤其是剛剛一台車子快速駛過一片水灘，把水濺到了阿虐身上，就算有雨衣保護，他還是覺得這是很倒霉的感覺。

阿虐回到家後肚子餓，便打算走去巷口的便利商店買個吃的，走出社區大樓時發現雨停了，阿虐苦笑了一下，看來幸運還是在的。

「你是王先生嗎？王吉岸先生？」阿虐突然被三個男人圍住，其中一位戴著洋基隊棒球帽的男人開口問。

「不是岸，是虐，石字旁的岸，唸作虐！王吉虐！」從小到大阿虐遇到這種名字讀音上的困擾已經太多次，這也是他外號被叫做阿虐的由來，也方便別人記憶，因此他很本能似地解釋了一下，但是隨即又察覺這三個流氓似乎不懷好意，自己沒事幹嘛說這麼多，阿虐默默地退後了一步。

「王吉虐？」戴球帽的男子模樣囂張地嘲笑：「那倒過來念，不就是瘧疾王？哈哈哈……」

身旁的兩位男人也應聲附和，一起嘲笑。

「你怎麼會知道我的名字？」阿虐從小到大就被笑過幾千遍了，這種嘲諷他很習慣了。

「確定是你就是了，那給我打！」戴球帽的男子一聲令下，

身旁的兩位男子開始向阿虐瘋狂揮拳。

阿虐被揍之後跌在地上，只能雙手抱著頭保護自己，一邊防禦一邊喊：「等一下，等一下……」

兩人把阿虐架了起來，換戴球帽的男子給阿虐的肚子飽以老拳伺候，接著在戴球帽男子的指示下，他們把阿虐拖到了陰暗的小巷子裡，打算繼續教訓。

阿虐一邊咳嗽一邊痛苦地說：「等一下，等一下，為什麼啊？你們是誰啊？」

戴球帽的男子在阿虐身上又重重地踢了一腳，然後用手拍拍阿虐的臉頰說：「瘧疾王，好，至少讓你知道理由，讓你可以死也瞑目。」

「我又跟你們無冤無仇，為什麼啊？」阿虐哀嚎，身上到處都是疼痛，背靠著牆坐在地上，大口喘氣。

「你想知道我是誰，跟你說，我號稱新北市蚵男，蚵仔的蚵，傳說推理界智慧型犯罪大師，你想一想，你是不是曾經在 SOGO 旁邊的曼谷包專賣店消費啊？」

「曼谷包？我有付錢啊，我又不是買霸王包？」什麼是霸王包啊，阿虐一說出口就覺得愚蠢極了，但是相信自己現在的模樣更是狼狽。

「他媽的，我搶來的曼谷包，裡面裝的是屎啊！你懂嗎？是屎啊！怎麼會有人拿包包來裝屎啊，害我這陣子在組織裡抬不起頭來……」蚵男一氣之下又往阿虐身上踹了兩腳。

「那你怎麼會找到我？」阿虐覺得自己嘴巴都被打到腫起來了，嘴裡還有血味。

「剛剛就跟你說我蚵男是靠精準的推理腦袋做事的，我把方圓百里所有賣曼谷包的店都掃蕩了一遍，那個包包就是 SOGO 旁邊的曼谷包專賣店賣出的，我查到的刷卡紀錄，就是刷你的卡，你埋的單，你的帳單地址就是這邊，就這麼簡單，沒想到今天就讓我堵到你了。」

阿虐突然慌張了起來：「等等？那你搶包包時，那個拿包包的女孩呢？她有沒有怎樣啊？」

「他媽的，害拎北丟臉，反正包包你買的，這帳要算在你頭上啦！我氣還沒消呢！」

阿虐想到阿黛，內心十分著急，也想趕快逃離現在這狼狽的窘境，努力地思考該怎麼突破重圍，想要逃跑，也需要一個契機：『洗髮精啊，給我力量啊，我該怎麼做啊？』

「天下武功，唯快不破！」阿虐突然放聲喊：「跑！」然後硬是往前用肩膀衝撞了眼前的蚵男，把對方撞倒在地後拚了命地跑離巷子，邊跑還邊發出了怒吼：「呀～！」

蚵男跌了個四腳朝天，另外兩位男子趕快上前去攙扶，錯過了抓住阿虐的時機，蚵男氣極了：「在幹什麼？快追啊！」

阿虐在住宅區的巷弄裡狂奔，回首發現對方緊追不捨，他一邊跑一邊在思考甩開對方的方法：

『要是跑進便利商店，有監視器、有民眾、有店員，或許人多可以有嚇阻效果。』

『等等，假如這些流氓狠心，連累到無辜的人怎麼辦？而且我被揍要是被監視器錄下來，之後被新聞播出來，不就超丟臉。』

『阿黛怎麼會被搶劫，什麼時候的事？怎麼沒有跟我說

啊？』

『我明明有用熱血洗髮精了，怎麼還會有這種鳥事發生在我身上啊？』

『啊，一直跑不是辦法，躲起來比較安全啊。』

急中生智，在一個巷弄轉彎後，他突然憶起兒時玩捉迷藏與紅綠燈的一切技能，阿虐迅速放低身體，跑向了一台汽車後方，他想到只要不在對方視野範圍內，或許就可以躲掉了。

阿虐蹲在一台黑色的轎車後方，接著趴下身軀，從車底的縫觀察那些流氓的動態，心臟跳得好快。

跑著跑著，流氓三人集結在一起，在巷弄前徘徊著：「幹，明明跑過來了啊，你有看到在哪嗎？」「媽的，追個人都會追丟，你以前不是田徑隊的嗎？」「啊你不是蚵男，你現在推理一下他跑去哪啊！」

看著流氓緩緩走遠，阿虐扶著轎車，想撐起他疼痛的身軀，沒想到這樣一扶，轎車的防盜警報器大響，車燈開始閃爍，阿虐嚇到像是魂魄瞬間脫離了身軀。

「幹，在那邊！」流氓聽到了警報聲響，馬上往阿虐的方向衝去。

阿虐無處可逃，只好順著這個巷子繼續跑，氣喘吁吁地跑著，他望向前方，發現這是個死巷子，巷底的圍牆好高，偏偏這時候他竟然想起了那首黃明志與王力宏合唱的〈飄向北方〉，歌詞跟旋律都在心裡浮現：『別問我家鄉，高聳古老的城牆，擋不住憂傷～』，阿虐真的相當憂傷。

他跑到巷底，看到旁邊有一間麵攤，麵攤門口的鐵捲門沒有完全關閉，裡頭黑漆漆的，地面是濕的，似乎已經洗刷完畢收攤

127

了，阿虐便從鐵捲門下方鑽了進去。

在昏暗中摸索，阿虐發現麵攤裡面狹窄而細長，也沒有後門可以跑，麵攤最後面的窗戶有裝設鐵窗，也出不去。

『死定了！』阿虐也想到這些流氓有他的地址，他再怎麼跑，將來還是會被他們堵到，『報警來得及嗎？』阿虐翻找口袋裡的手機，也從口袋裡拿出了那串鑰匙與試管造型鑰匙圈。

阿虐盯著洗髮精，突然冷靜了：『豁出去了，熱血洗髮精，我相信你！』

把試管打開，阿虐把試管裡的洗髮精全倒在手上，接著走向麵攤的流理臺，阿虐開啟水龍頭，開始瘋狂地洗頭，搓揉中，泡沫開始充斥著阿虐的髮梢，整個麵攤裡充斥著茶樹精油的味道。

阿虐感覺感官都清晰了，他在洗頭的水花聲之間也聽見了外頭的腳步聲，接著「碰碰碰」，巨大的敲打聲充滿著惡意，麵攤外的鐵門被敲打後還持續嘎嘎作響，那是生鏽金屬摩擦的聲音，洗著洗著思緒也清楚了，突然抬起頭眼睛一睜：『靠，我剛剛為何不把鐵捲門關上鎖上？』

三位流氓陸續鑽了進來，抓住了正在洗頭的阿虐。

「媽的，這個死變態，你躲在這邊竟然還洗頭，你腦子有問題是嗎？」

「把他拖出去！」

被架出去的阿虐顯得有點歇斯底里，像是放棄了一切，也像是看開了一切，頻頻竊笑，可能是腎上腺素大開，或是洗髮精帶給他的功效開始作用，即使又被揍了幾拳，鼻子有

血、嘴角有血，還是笑著，還刻意甩著頭，像狗一般甩動身體，把頭上的泡沫噴到流氓身上，又換到挨揍的機會。

「幹，我身上都是泡沫，真的要好好教訓一下這白癡。」

「臥槽！被追殺還有興致洗頭，這傢伙搞什麼啊！」

「我也被弄濕了啦，幹！都是泡泡……」

阿虐口中竊竊私語，蚵男相當不悅：「你說什麼？」

「你今天洗頭了嗎？」阿虐緩聲說道。

「什麼？」

阿虐笑了笑，突然高聲大喊：「洗！洗頭！熱血洗頭！YES！」聲音之大，一旁流氓都嚇到了，然後阿虐甩動身軀，把頭撞向身旁的人，奮力掙脫。

「快抓住他！」

濕淋淋的阿虐，手臂也很滑溜，流氓一時也抓不住他，讓阿虐取得逃跑的機會。

阿虐才剛跑一步，沒注意到地面濕滑，阿虐瞬間滑倒，趴在地上。

「幹，你是泥鰍嗎？」

阿虐再度又被抓住，這隻泥鰍還是很不情願地顫動亂甩，鼻血流得更多了，蚵男相當不爽，一手抓起阿虐頭上的泡沫，硬是往阿虐眼睛上揉。

「哈哈哈……」阿虐持續猖狂地笑著：「溫和不流淚配方啊！我不流淚！」

蚵男氣急敗壞的說：「本來想說揍到我心情好這件事就這樣

算了，但是現在不弄斷你幾根手指頭是不會罷休的，不然就是你拿個幾萬塊來給我們消消氣，你們倆給我搜，看他身上有沒有皮夾提款卡還是什麼的？」

這時候蚵男的手機響了，蚵男馬上顯得畢恭畢敬：「是，南哥，是，我在，什麼？蛤……你在附近？好好好，我馬上出來。」

蚵男滿臉不安：「喂！我們快去巷子外面，老大在外面等我們，把這傢伙也帶上。」

「老大怎麼會知道我們在這邊啊？」

「也太神了吧，老大順道接我們回去嗎？」

阿虐被拖到巷子外，模糊的目光看到了他們所謂的老大，他們的老大長得超像蔡振南的，看起來真是頗為親切，穿著灰色的西裝從一台黑色 BMW 轎車緩緩走了下來，身旁還站著幾位像是護衛的人陪同，這畫面實在太像看電影了，阿虐莫名地在苦難中享受著這個畫面。

三人異口同聲地喊：「南哥！」

長得像蔡振南，竟然也叫南哥，阿虐忍不住笑了出來，嘎哈哈哈，他發現自己竟然可以笑出華仔的笑聲，越笑越猖狂。

南哥語氣相當穩重：「他是誰？你們幹嘛教訓他？他欠我們錢嗎？怎麼整頭泡沫？一定是你這死小子又亂搞……」

「不是啦，南哥，這……這說來話長……」蚵男一時語塞，表情相當不安。

「你是不是又亂惹事，我太了解你了，所以看你們離開我們地盤太久，過來看看你們搞什麼鬼。」

「南哥你怎麼會知道我們在這邊？」另一個人問道。

南哥拿出手機揮了揮說：「我當然知道，你們的手機定位點我都有掌控，我現在是科技化管理了。」

此時南哥揮舞的手機正巧響了起來，阿虐一聽到手機鈴聲，一整個很有共鳴，加上他也被人打得迷迷糊糊，打到豁出去了、打到無所畏懼了，他整個人似乎沒有什麼顧忌了，便伸出那幾乎癱軟無力的手，指著南哥的手機慵懶地說：「啊！這首歌是 Aerosmith 的〈I Don't Want To Miss A Thing〉，超好聽的，超適合求婚的，Don't want to close my eyes ～」音唱不上去之外，阿虐眼睛腫得也都睜不開。

「你是誰？你怎麼知道我要用這首歌求婚？」南哥大吃一驚。

「阿……黛……阿黛有個學生要彈奏這首歌求婚，該不會……那個學生就是你吧？哈哈哈……」如果不看阿虐鼻青臉腫的模樣，他的聲音曲線幾乎像是喝醉的人胡言亂語。

南哥露出認真的眼神：「就是我啊，這件事很保密，你怎麼會知道？」

「我……我是阿黛的男朋友啊……顆顆顆……」

南哥愣了一下，接著目光如炬，睥睨著手下的小弟們一圈，嚴肅地說：「全部給我立正，叫師丈！」

「師丈！」大夥異口同聲喊著，蚵男的表情相當驚恐，腿軟到跪在地上。

「快送他去我們堂口合作的醫院，怠慢了，你們就死定了！」

被抬上車的剎那，阿虐快昏過去了，至少他最終還是受到幸運眷顧的，但是好奇心仍舊驅使著他，他用微弱的語氣問了句：「南哥？請問你是蔡振南嗎？」

不會吧？

19

記得小時候難免也會打打架，但是從沒想過被打個半死是這麼痛啊，全身都痛。

在南哥的安排下，我被帶進一間超高級的 VIP 病房住了一個禮拜，這個禮拜不知道是不是藥物的影響，我總覺得每天都昏昏沉沉的，像是缺乏些什麼，對，就是缺了熱血洗髮精，我被揍之後就直接來這邊住，什麼家當都沒有帶，身上穿的是醫院的病服，整個人蠢斃了，精神不濟之外，也對自己相當沒自信，難道我對洗髮精已經是種依賴？

我甚至這麼想，等我出院之後，我乾脆拿熱血洗髮精來泡澡，搞不好可以幸運到爆表，一掃陰霾，重新做人。

等等，我以前不是人嗎？應該是一掃陰霾，重新做神。

但是奇怪，明明之前有用熱血洗髮精，幸運如我，絕對不會這麼衰的在路上被人堵啊，但是也是因為幸運，我才得救的啊，這實在有夠矛盾，幸運這件事似乎不再這麼絕對與必然了，我不免開始對熱血洗髮精的幸運能力產生懷疑。

還是說，就是因為我心裡有雜念，開始懷疑它的神奇，才會害我落到如此下場？我實在想不透。

因為請病假，原先兩個棘手的案子都轉回到了艾力克斯身上，算是不幸中的小確幸，有時候想一想，有些煩惱的事情，逃避可能不是最好的方法，最好的方法是直接捨棄啊！哈哈哈，去他的案子，老子住院，艾力克斯你自己慢慢搞吧！

沒了洗髮精的加持，我只是個凡人，但是當個一般般的凡人也是有擁有珍貴的寶藏，那就是那些關心我的人們。

在南哥幫忙下，醫院提供我最好的照顧，而蜥男跟他的跟班們也不再是什麼凶神惡煞了，常常會來探病，客客氣氣

的，南哥偶爾也會來找我聊天，真是一位親切的長輩，一點也不像黑道老大。

有一晚南哥特地帶了威士忌來找我喝，吹噓說什麼喝了這瓶我身體會好得比較快，我們那天喝茫了，聊得不亦樂乎，南哥還比手畫腳地跟我說他準備求婚的橋段，還有講他跟阿黛學鋼琴過程中的趣事，也講了江湖中狗屁倒灶的事，聽了大呼過癮。

而我也跟他胡亂說了熱血本部跟爆！！吉他社的蠢事，講到傑森史塔神的故事，南哥笑到都岔氣了，其實後來聊得太嗨，喝得太多，事後回想有點斷片的感覺，到底還聊了什麼？我也記不得細節了，但是我印象就像是停留在跟蔡振南聊了一晚一樣，有趣極了。

親朋好友同事陸陸續續來探病，不知道是不是病房太過寬敞太過高級，大家都非常驚豔，驚訝之下，我被揍的這件事大家反而不太追究為什麼，我大概都用「誤會」來解釋，人在衰的時候，半路買宵夜確實都有可能會被揍的。

而爆！！吉他社的朋友來看我時，我以為買了熱血洗髮精的他們，人生開始有了變化，應該會馬上向我問東問西，或是炫耀他們遇到多麼幸運的事，然而他們聊天之中竟然完全沒提到洗髮精這件事，全是討論跟新認識妹子交往的經過，不然就是一如往常，講講那些白癡的笑話，我在他們來訪時努力地聞，似乎也沒聞到那洗髮精的茶樹精油味，難不成剛好都還沒有人開始洗？買了都還沒拿來用？他們知不知道自己錯過了些什麼啊。

最珍貴的畫面是，阿黛來看我的時候，那一臉擔心的模樣。

那模樣就好像復古電影的情節，我被徵召上戰場，在蒸氣火車開動時，我在火車上的窗戶往月台望去，阿黛隨著火車的移動

開始小跑步想追上來，深情地望著我，不忍我離去，我伸出手想觸碰她，她伸出手想追上我。

『阿黛，我一定會平安歸來的！等我！』

『阿虐，我一定會等你回來的，我愛你！我永遠愛你！』

阿黛親吻自己的手指後，又把手指揮向我，送上這滿滿愛意的飛吻。

不捨的感受湧上心頭，我伸出手想牢牢抓住那飛吻。

「好燙！」我就這樣伸手碰到了那鍋阿黛帶過來的雞湯，對，她還特地煮了一鍋雞湯給我喝，我衷心覺得把她娶回家一定是件很美好的事情，這是受傷後意外得到的幸福啊，反正揍都被揍了，那應該有的福利就好好享受吧。

等我出院，我一定要帶她去吃她那心心念念的田園玉米。

而阿黛跟南哥似乎也沒在醫院碰頭，阿黛也沒有什麼不對勁，所以我謊稱我是阿黛男友這件事似乎沒有被識破，身為師丈的我，真的是被照顧得很好啊，我甚至猜想，搞不好阿黛心裡已經承認我是她男友了，所以也不需要戳破什麼謊言了，嘿嘿嘿。

就這樣，我意外放了一個禮拜的假，清心寡慾，每天翻閱著蚵男幫我租來的漫畫。

但是沒了洗髮精，就是不對勁。

那天午覺睡得好好的，突然警鈴大響，護士跑過來跟我說有火警，要我趕快一起逃難，不跑還好，一跑起來才感受到我全身都痛，我全身痠痛地跑離病房，跟著大家一起跑到醫院大樓旁的停車場廣場集合，集合沒多久醫院就說明是虛

驚一場，請大家可以安心回去病房了。

　　人潮逐漸散去，而我正緩緩要走回去病房時，我聽到遠處一台改裝車的聲響，噗噗噗地越來越大聲，沒想到一台廂型車越開越近，我還在納悶這年頭竟然有人把廂型車給改裝，這也太少見了吧，當我還在納悶的當下，車子竟然就往我這個方向駛來，我本能似地退後幾步。

　　『不會吧？』我心裡有些不安，又覺得不太可能。

　　結果顯示，一切都是有可能發生的，沒有洗髮精加持的我，忽然被綁架都是正常發揮，我到底是多帶賽？而且，為什麼啊？為什麼是我？

　　廂型車緊急煞車，車上跳下幾個黑衣人，全都戴著口罩，還沒能瞧清楚對方是何方神聖，他們動作迅速地把我套上麻布袋，就把我拉上車了。

　　「喂喂喂，你們幹嘛啊？你們是誰？」

　　一塊濕潤的布塞進麻布袋裡，搗住了我的口鼻，我聞到濃厚的溶劑味道，一下就昏過去，不省人事了。

大秘宝

ONE PIECE

20

模模糊糊中我聽到了些聲音，我睜開雙眼，發現自己依舊被麻布袋套著頭，視線很不清楚，不過現場環境相當黑暗，我坐在一張椅子上，無法動彈，看樣子我被綁在椅子上，而雙手背在身後，也被繩子綁住了，我掙扎了一下，可以感受到繩子粗糙的表面摩擦著我的手，可惡，綁得好緊。

「誰？是誰？不要再靠近我囉，你難道不知道我是誰嗎？」歇斯底里的聲音在我身邊發出。

這聲音？不是傑森史塔神嗎？

「老師？是你嗎？」

「咦，是阿虐，你在幹嘛，還不趕快把我放開！」

「我……我被綁住啦，倒是你，老師你怎麼在這？」

「原來你也被綁啦……」

「頭好暈，我記得我在醫院的停車場被人抓上車的……」

「我是在熱血本部的停車場被綁的……當時我正要牽車，我的瑪莎拉蒂……」

我跟傑森史塔神開始努力地討論，拼湊所有我們被綁的可能性，原先傑森史塔神以為是因為他開名車被盯上，而現在我倆都被綁，那可能就跟熱血本部最近業績大好有關，但是為什麼要綁我呢，我又不是關鍵人物，原本我一開始想到是不是蚵男的挾怨報復，但是有浩南哥在，他應該不敢造次；也想到有鯉魚刺青的槍擊要犯，不過他人應該還在監獄裡才是，難不成是他的弟兄要幫他報仇？但是這些跟傑森史塔神又有什麼關係呢？還是說他們因為我進而發現到傑森史塔神的財富，還是說有人覬覦熱血洗髮精的奧秘？那要知道奧秘，綁他就好啦，為什麼要綁我呢？

我們討論個老半天也無法理清楚頭緒，我心裡倒是很在乎，傑森史塔神竟然開瑪莎拉蒂，好羨慕啊，做傳直銷真的很賺錢啊，難怪他不再當老師了，而傑森史塔神也在討論中爆料，原來他平常得罪這麼多人，為人師表還搞過許多荒唐事，不過那些真的都是小事，要恐嚇要搶劫也都可以，沒必要把我倆給綁在這吧？

　　在線索的拼湊下，傑森史塔神認為我倆被關在一個貨櫃中，而且貨櫃似乎還有冷氣吹，想必沒有要搞死我們的打算，我倆在被綁的過程中也沒有被揍，任何皮肉傷也沒有，一滴血也沒流，歹徒也完全沒有任何威脅或指示，這樣的莫名其妙實在太匪夷所思了，分析到沒有出路，我倆也就不再追究原因了，反正我倆就像待宰的羔羊，只能坐以待斃了。

　　在貨櫃中與世隔絕，真的不知道時間過了多久，冷氣聲突然停止，貨櫃裡逐漸悶熱，隨著悶熱程度的上升，氧氣似乎也開始稀薄，我倆也開始著急了，又餓又渴，難不成我們會悶死在這裡？呼喊叫罵，也只是白費力氣，很快的我們倆沉默了好久。

　　冷氣聲停止的那一剎那，我竟聯想到了當時熱血本部的停電事件，當時斷電後，背景聲音消失的感覺，想一想即使是發生意外，至少還能有逃命的自由意志，至少還可以跟死黨們開玩笑，還能偷看女生乳溝；即使危險，我們至少可以感受到煙火的璀璨與炙熱，甚至是受傷都可以，但是現在被關在這，也不知道會怎樣，完全無能為力，才突然想起外面世界的自由與美好。

　　人都是失去的時候才懂得珍惜嗎？

　　這個時候，時間在我們身上實在是沒有任何拿捏的依據，有時候一分鐘可以很久，有時候一小時可以很快，而我們也根本不知道到底過了多久，只知道空調消失後，耐心似乎就失去了。

「我的熱血大業都還沒完成，難道我就要悶死在這裡了，可惡啊啊啊！」傑森史塔神開始抱怨了起來，我心裡也一樣慌張，倒是他先開口發難。

「我以為有了熱血洗髮精，幸運人生就要開始了，現在似乎都玩完了，我跟阿黛都還沒有從此過著幸福快樂的日子呢……唉……」我也感到相當無奈地附和。

「你真的很誇張，死到臨頭了你還在想那洗髮精啊，你可否有志氣點，把願景拉大一點呢？」

「那反正都要死了，有願景有什麼用，老師你總可以告訴我熱血洗髮精的奧秘了吧？讓我死個瞑目。」

「奧秘？你真的很執著啊，就跟你說過了，洗頭椅其實比較多利潤，所謂的奧秘啊，其實就是多層次傳直銷的威力啊，這個很簡單啊，你不懂嗎？要我分析給你聽嗎？」老師竟然發起脾氣。

「不不不，老師你講的是經營傳直銷賺大錢這件事，這件事我不想知道，我只想知道那洗髮精到底是什麼成分，Lucky Powder，洗髮精瓶子上有特別註明，『添加特殊幸運成分，讓你的人生更進階！』這到底是什麼？我真的很想知道啊！」

「噗，這是你最想知道的事情唷，你纏著我，願意來當我助手，都只是想知道這件事？人家華仔至少還想要史黛西呢，你卻只想知道這個？」

「我自從洗了這個洗髮精，我感受到明顯的差異，我真的變得很幸運啊，而且真的是很扯的幸運啊！一定事有蹊蹺，你就快告訴我吧。」

接著我一五一十地把我很扯的幸運事全講給傑森史塔神

聽了，傑森史塔神竟然感到吃驚，好像他從來不知道洗髮精有如此幸運的威力似的。

接著傑森史塔神笑了：「哈哈，可能你真的有一陣子好狗運吧，我覺得你的幸運可能都是碰巧的。」

「碰巧？不可能，真的是真實發生在我身上的幸運啊！連星巴克 VIP 卡我都能抽到，這活動第一萬名顧客也太神奇了，我在日本迪士尼都能遇到類似的事，不可能空穴來風啊。」

「你有聽過藝術家安迪・沃荷嗎？」老師開啟了跟當年上課一樣的說教模式：「他曾經說過一句名言，在未來，每個人都能成名 15 分鐘。」

不知為何，在這個危及時刻聽到老師說教，竟然有點幸福感與安定感，讓我想起學生時代的單純與快樂，可以一路平順活到現在，其實就是萬幸了，以前的我其實就很幸運了啊。

「成名 15 分鐘？這跟幸運有關嗎？」我問道。

「這是安迪・沃荷說的，而我也可以這樣說，我來創造個名言吧，對傑森我來說，在現在，每個人一生中可能都可以幸運 15 天，你覺得如何？太少的話，改說成 150 天也可以。」

「你是說，我遇到幸運事的那些日子，就只是剛好、碰巧，就是我有洗熱血洗髮精後發生的，人生中可以幸運的 15 天？所以就是碰巧？怎麼可能？」我也想到了之前我追問華仔時的反應，就跟傑森史塔神一樣，華仔也不認為洗髮精有什麼厲害的，想一想熱血本部的人們，他們這群幸運人聚在會場，好像也沒有集體發生什麼特別的事，只有那場意外……，買了洗髮精後的吉他社朋友們也沒異狀……難不成發生在我身上真的就只是碰巧？

傑森史塔神深深嘆了一口氣：「唉，反正人之將死其言也善，

搞不好我們就將死在這了，我倆一起死，講遺言給你聽也沒有用了，我就跟你說你想知道的奧秘吧，Lucky Powder 其實就是維他命 B 群啊，我當初純粹是看到電視廣告說什麼咖啡因洗髮精，咖啡因對頭髮有功效，我就突發奇想，想說維他命 B 群放在洗髮精裡，會不會讓人精神奕奕，或是元氣十足，就這樣開發了熱血洗髮精。」

「維他命 B 群？」我驚呆了。

「對啊，所以我猜測，有可能你頭皮對維他命 B 群的吸收特別好，所以你元氣十足，人在狀況好的時候，精神充沛，要過得幸運也是不無可能啦。」

「那老師你的頭髮真的是⋯⋯？」

「真的就是被這洗髮精給洗出來的啊，你知道有研究指出，缺鐵、缺維生素 B 會讓人掉頭髮，而補充了這些營養，對了，還有蛋白質、硒跟鋅，對頭髮啊、指甲啊，都很有幫助，我真的有好好研究查資料的⋯⋯就是有效果我才會開發成商品啊，嗯嗯，想一想你說的也有道理，我靠這洗髮精確實就發展成現在這樣熱血本部的事業體，也是幸運啦！」

「既然是維他命 B 群，那為什麼聞起來是茶樹精油的味道？」

「傻孩子，B 很臭呢！哪個 B 不臭？B 你吃過吧？」

「不是吧，老師你說你遇過的 B 都是臭的唷？」

「說真的，我有吃過香的⋯⋯死小子，這時候還有心情開玩笑⋯⋯」

「老師你到底在說什麼啦？我是真的好奇啊⋯⋯你不是說人之將死其言也善？」

「維他命 B 啦，維他命 B 群你有吃過吧，不是味道很重嗎？我實驗過，用各種香味來蓋住 B 味，發現用茶樹精油效果最好，而且我還發展黑色瓶身，就是怕維他命照到太陽光會衰減氧化，我為這產品確實付出很多心血呢，老實說，你這麼喜愛這產品，我內心也是很欣慰啦。」

『所以……所以這一切奧秘，就是因為維他命 B 群？』錯愕之中，其實我的理智似乎默默地接受了這個說法，好像真的就是這麼一回事，這一切都是碰巧，連對狗都有效，就是因為維他命 B 呀！

「所以洗髮精根本沒有帶來什麼超能力？」我發現我的聲音相當沮喪。

「不用難過，你不覺得因為你相信，所以你就有超能力了嗎？當你覺得自己超幸運的時候，幸運的事不就接踵而來了嗎？」

「有道理……不過現在我們倆都需要些超能力，需要點幸運，才有機會活著出去吧？」我感覺空氣越來越悶熱，呼吸已經感覺到不舒適，甚至頭有點暈了。

「唉，我覺得快喘不過氣了，好像越來越熱了，好痛苦……」

「老師，我們要振作啊，那你往好的方面想，要是可以活著出去，你想做什麼？」我越說越沒力氣，聲音越來越小。

「我啊，我想先吃碗剉冰。」

「剉冰好像不錯……那我……我好暈，我先睡一下……」缺氧的我心裡想著：『可以逃出去的話，那麼……我想我或許可以不用熱血洗髮精吧……只要活著……平凡也很好……要是可以再見到阿黛……」

不知又過了多久，意識不是太清楚，似夢似醒的，好像偶爾聽到傑森史塔神喃喃自語，但是聽不清楚，我想他跟我一樣痛苦吧，又熱又缺氧，這實在是個酷刑。

這時，我突然被貨櫃外的聲響給吵醒。

「什麼聲音？」

「阿虐你醒啦，你剛剛夢幻薑母鴨耶。」

「老師你說什麼？什麼夢幻薑母鴨？」

「我說你剛剛夢話加磨牙！你是餓瘋了嗎？還薑母鴨哩。」

「夢話加磨牙？我會磨牙？」我感到訝異：「那我說了什麼夢話。」

「你剛剛一直說什麼玉米的……田園玉米……」

「老師你聽到了嗎？外面有聲音。」

貨櫃外的聲響越漸清晰，是那台改裝過的廂型車！

我完全可以感受到自己越來越快的心跳，而額頭上的汗也滑了下來，該來的還是要來，就算要殺要剮，至少不是放我們倆在這等死就好，我努力想深呼吸，但是實在氧氣不足，我咳起嗽來。

貨櫃被打開了，外面的空氣瞬間進來，天啊，新鮮空氣。

我們被溫柔地扛了出去，對，是溫柔，跟被抓上車時的粗暴對待完全不同，「啊……啊……你們到底是誰？」傑森史塔神像是在做最後的反抗與掙扎，我倒是只想好好呼吸，大口呼吸。

一個粗獷的聲音傳來：「我們綁錯人了，你們沒事了，不

准報警，不然就會再來找你們。」

繩子被割斷，我感覺到手上與身上的壓迫消失了，我被鬆綁了，接著什麼事情也沒發生，只聽到車門關上的聲音，改裝廂型車開走了，噗噗噗地聲音越飄越遠。

我拉開麻布袋，大口喘氣，我望向傑森史塔神，傑森史塔神也拉開了麻布袋，我們互相對望，我看著他的狼狽，想必我也是相當狼狽。

「呼，嗚……」「我們自由了……」

我從沒想過自己竟然有天會跟傑森史塔神相擁而泣，向來屁眼人都是我們同學間嘲笑的對象，然而他在課堂曾說過的那些唬爛，其實都是言之有物，深深地、無以名狀地埋進了我們學生心底，無論是否受用，無論是否曾被嗤之以鼻，但是那都是富含哲理的啊。

而我的哽咽除了重獲自由外，也深深為明白了洗髮精奧秘感到惋惜，原來幸運都只是狗屎運啊。

我想，此刻，這絕對是我與傑森史塔神革命情感建立的一刻，直到傑森史塔神啜泣，把鼻涕滴到我肩上後，我就又被打回了現實：「老師你很噁心耶！」

我們情緒穩定下來後環顧四周，到處都是貨櫃，而且人煙罕至，陰天的狀態，我們也不知道現在是什麼時間點，而不遠處竟然就停著一台瑪莎拉蒂。

「那……那不是我的車嗎？」傑森史塔神往瑪莎拉蒂奔去，我也跟了上去。

打開車門，車鑰匙插在上面，而後座也整齊擺放著傑森史塔

神的燕尾服，傑森史塔神在燕尾服上翻來翻去，喊道：「皮夾跟手機都還在耶，一毛也沒少耶，他們到底是誰啊？為什麼還把車停在這留給我們？」

「那我們現在該怎麼辦？去報案嗎？」我感覺這幫黑衣人似乎有安排退路給我們。

「剛剛不是說如果報案，他們會再來找我們……」傑森史塔神若有所思了一下，接著說：「不然我們就先開離開這裡吧。」

「不然我們去吃剉冰吧，我快熱死了！」我心裡真的只想吃剉冰，又熱又渴。

「好，說走就走！」傑森史塔神把車子發動。

「等等，我發現我身上還穿著病服耶，在外面亂跑很像神經病啊……」

「不管了，先吃剉冰！」傑森史塔神油門猛催：「衝啊！夢幻薑母鴨！哈哈哈！」

結尾即彩蛋,
彩蛋即結尾

Coda

21

阿虐恢復了正常的生活，依然騎著 GR 125 白馬機車駕駕駕地去上班，機車鑰匙上掛著那試管造型鑰匙圈，在路途顛簸中晃呀晃的，就像是幸運之神的降臨總是搖擺不定。

早餐的鮪魚蛋餅有時候順利買到，有時候排隊排好久店員還做錯，路上的紅燈不定時攔住阿虐，無論有沒有洗熱血洗髮精，日子就是在幸運跟帶賽間無止盡地切換，主管艾力克斯的慈悲與機車依舊，機車歸機車，發獎金的時候也還是沒有遺忘阿虐的辛勞，課長級工程師的日常，忙碌如往常，他依舊顆顆顆地狹縫中求生存。

阿虐越來越認分了，熱血洗髮精對他的魔力已經不在，洗了就像是吞一顆維他命膠囊一般地平凡，但是命運掌握在自己手裡的感覺讓他覺得踏實，就像傑森史塔神說的，只要你相信，你就會有超能力，當你覺得自己超幸運的時候，幸運的事不就接踵而來了嗎？這件事變成像是信念般地植入了阿虐的靈魂裡。

人生幸不幸運，勝不勝利，其實就像阿虐自己寫的那首愚蠢但貼切的歌曲〈我愛幻想〉，真不真實，幻不幻想，虛無飄渺：

我愛幻想，我愛幻想，事情可能就是這樣
我愛幻想，我愛幻想，那麼又怎麼樣

這天夜裡，阿虐走進一家日式料理店，在門口點餐時，店員說週年慶活動可以摸彩，阿虐手握著裝著洗髮精的試管鑰匙圈，心裡想著，前一夜他並沒有洗熱血洗髮精，那就真的是要碰碰運氣了。

他微笑了一下，深了口呼吸，從箱子裡摸呀摸，手的攪動讓他感受到滿滿的小紙卡在他手上摩擦，有時候還稍微有點割手，他抓住了一張紙卡，內心猶豫動搖了一下，想要重新攪動紙箱，但是隨即又放棄了這念頭，嗯，就是這張了，他內心確定。

「恭喜你，獲得免費炸豆腐一份！」店員看著紙卡喊道。

「喔～耶啊啊啊！Yes！Yes！Yes！」阿虐興奮到不行，握著拳頭拉弓慶祝：「免費炸豆腐！太幸運了啦！哈哈哈！」

阿虐在店門口大呼小叫地引來眾人側目，而也引起一位剛進店門口的人的注意。

「嘎哈哈哈！你白痴唷，這麼高興是中樂透啊！」

這熟悉嘎哈哈哈的招牌笑聲，是華仔，華仔從馬達加斯加回來了，跟阿虐約在這間日式料理店敘舊。

聽說華仔已經跟史黛西在一起了，華仔除了達成說走就走的旅行，也得到了轟轟烈烈的愛情，史黛西那顆始終無法彈飛的襯衫扣子，就像是手榴彈的插銷，成為引爆轟轟烈烈愛情的關鍵樞紐。

我愛幻想，我愛幻想，事情好像就是這樣
我愛幻想，我愛幻想，吉比花生～醬

有超能力的傑森史塔神，在相信自己的情況下把熱血本部經營得有聲有色，在幾年後股票上市，股票名稱縮寫為「熱血」，熱血兩字在股市中相當顯眼，讓熱血本部不只有都市傳說，還有股市傳說，而也可能因為太過熱血，此股票大多時候都是呈現紅色的漲幅。

而除了洗髮精跟洗頭椅之外，熱血本部還推出了新產品「熱血吹風機」，在說明會上，傑森史塔神侃侃而談當年就說過的電磁波理論。

　　「電磁波有傷害嗎？屁～眼人的啦！」

我愛幻想，我愛幻想，事情根本就可以這樣
我愛幻想，我愛幻想，那麼又怎麼樣

　　那天下午，阿虐吃完剉冰回到醫院，他把病服脫掉換上平常的衣服準備要出院，他在廁所的鏡子前看著自己，他內心像是大夢初醒般，第一次被綁架、第一次瀕臨死亡、第一次穿病服吃剉冰、第一次坐瑪莎拉蒂、第一次知道自己會夢幻薑母鴨、第一次覺得活著真好。

　　準備要離開醫院時手機響了，沒有顯示號碼。

　　一定是詐騙電話，不然就是一接起來就被對方掛掉，阿虐反應式地這樣覺得，然而他突然想到之前錯過了華仔從馬達加斯加打來的電話，心想我都能被綁架了，那接個詐騙電話又怎樣？便毅然接起了電話。

　　「喂，你等等，我老大有話跟你講……」電話傳來的聲音阿虐永遠記得，阿虐身體僵直不已，是那粗獷的聲音，是那綁架他的黑衣人之一。

　　接著一個親切的聲音傳來：「師丈啊，我南哥啦！」

　　「南……南哥？怎麼是你？剛剛那位是……」阿虐震驚不已。

　　「嘿，怎麼樣？你跟你老師相處了一天，有沒有問到你想

問的啊？」

「蛤，我跟傑森史塔神被……是南哥安排的唷？為什麼啊？為什麼要這樣對我們啊？」阿虐抓著自己的頭髮不可置信。

「啊你那天不是跟我說你老師一直都很忙，你一直沒機會跟你老師好好請教什麼奧秘，你不是說要是可以跟他在一起關個一天應該就妥當了！」

「蛤？我有說過這個？」阿虐剎那間才憶起那天跟南哥一起喝酒胡亂說的話，那些斷片的記憶一點一滴的想起來了。

「師丈不好意思啊，我手下比較粗魯，畢竟要真實一點，你那個傑森史塔神老師才會相信啊，後來那個冷氣壞掉不是預料中的事啊……我們後來……」

「呼……」阿虐蹲在地上久久不能自已，耳朵已經聽不進電話那一端傳來的任何聲音了，原來如此，原來是南哥的安排，原來都是自己酒後亂講搞來的蠢事，那綁架危機的疑惑算是解除了，阿虐深深地鬆了一口氣。

我愛幻想，我愛幻想，事情發展就是這樣
我愛幻想，我愛幻想，那麼又怎麼樣

那天夜裡，阿虐約阿黛到家裡吃燭光晚餐，這天阿虐親自準備了整桌的美食。

阿虐特別洗了熱血洗髮精，而且還抹上了新產品「熱血髮蠟」，髮型抓得帥帥的，自信爆表。

『只要我相信，我就有超能力！』

阿虐一邊準備，一邊哼著歌、跳著舞，開心不已的心想：『音

樂 Ready，香氛 Ready，燭光 Ready，晚餐 Ready，保險套 Ready，哈哈哈哈哈，如果很順利的話，就萬事俱備啦，哈哈哈哈。』

> 我知道我熱得發燙，像微波御便當
> 人氣超旺，凡人無法擋～
> 路上女孩都對我望，看我俊俏模樣
> 優秀品種，來自我的娘～
> 舉手投足散發光芒，唯有我最夯
> 劍拔弩張，像烏茲衝鋒槍～（噠噠噠噠）

　　門鈴響了，阿虐一打開門就看到美麗的阿黛，阿虐瞬間覺得戀愛的美好完全注入他的血液之中，高興不已。

　　阿黛的髮梢、阿黛的眼睫毛、阿黛的笑容、阿黛的裙擺，阿黛的一切都是這樣閃閃發光的。

　　想到阿黛之前為他熬的雞湯，想到阿黛心心念念的田園玉米，他早已計畫很久，就是要在這一天，要讓阿黛好好享受這浪漫的夜晚。

　　剛坐下來，阿虐就看到阿黛滿心歡喜的模樣，相信對方一定是感受到自己的誠意與用心，阿虐驕傲不已，但是阿黛的表情漸漸變得奇怪，阿虐馬上開始說明。

　　「妳說的話我都有放心上唷，噠啦～！」阿虐開始如數家珍地介紹：「妳期待已久的田園玉米終於來了，妳看這是田園玉米～濃湯，來！喝喝看，這邊還有烤田園玉米、田園玉米鬚茶、田園玉米蛋糕、田園玉米披薩，都是有機田園玉米做的唷──」

「為什麼全部都是玉米啊？」

「咦？妳不是說想要田園玉米？」

「田園玉米？……齁！我說的是甜言蜜語啦！甜！言！蜜！語！你這個大！笨！蛋！」罵歸罵，阿黛好氣又好笑地笑了出來。

阿虐納悶地抓著後腦勺，只喊了聲：「蛤？！」

阿虐還搞不清楚狀況，但是看到阿黛的笑容，這一刻，他覺得自己是世界上最幸運的人。

我愛幻想，我愛幻想，事情根本就是這樣
我愛幻想，我愛幻想，吉比花生～醬

書　　　名　熱血洗髮精 Go shampoo!

作　　　者　Neo

主　　　編　譽緻國際美學企業社・莊旻嬑

美　　　編　譽緻國際美學企業社

封 面 設 計　譽緻國際美學企業社・羅光宇

發 行 人　程顯灝

總 編 輯　盧美娜

發 行 部　侯莉莉

財 務 部　許麗娟

印 務　許丁財

法 律 顧 問　樸泰國際法律事務所許家華律師

藝 文 空 間　三友藝文複合空間

地 址　106 台北市安和路 2 段 213 號 9 樓

電 話　（02）2377-1163

出 版 者　四塊玉文創有限公司

總 代 理　三友圖書有限公司

地 址　106 台北市安和路 2 段 213 號 9 樓

電 話　（02）2377-4155

傳 真　（02）2377-4355

E - m a i l　service @sanyau.com.tw

郵 政 劃 撥　05844889 三友圖書有限公司

總 經 銷　大和書報圖書股份有限公司

地 址　新北市新莊區五工五路 2 號

電 話　（02）8990-2588

傳 真　（02）2299-7900

初 版　2022 年 03 月

定 價　新臺幣 268 元

I S B N　978-626-7096-02-4（平裝）

國家圖書館出版品預行編目（CIP）資料

熱血洗髮精　Go shampoo!/Neo作. -- 初版. -- 臺北
市：四塊玉文創有限公司, 2022.03
　　面；　公分
　　ISBN 978-626-7096-02-4(平裝)

863.57　　　　　　　　　　　　111001816

三友官網

三友 Line@

五味八珍的餐桌
品牌故事

60 年前，傅培梅老師在電視上，示範著一道道的美食，引領著全台的家庭主婦們，第二天就能在自己家的餐桌上，端出能滿足全家人味蕾的一餐，可以說是那個時代，很多人對「家」的記憶，對自己「母親味道」的記憶。

程安琪老師，傳承了母親對烹飪教學的熱忱，年近 70 的她，仍然為滿足學生們對照顧家人胃口與讓小孩吃得好的心願，幾乎每天都忙於教學，跟大家分享她的烹飪心得與技巧。

安琪老師認為：烹飪技巧與味道，在烹飪上同樣重要，加上現代人生活忙碌，能花在廚房裡的時間不是很穩定與充分，為了能幫助每個人，都能在短時間端出同時具備美味與健康的食物，從 2020 年起，安琪老師開始投入研發冷凍食品。

也由於現在冷凍科技的發達，能將食物的營養、口感完全保存起來，而且在不用添加任何化學元素情況下，即可將食物保存長達一年，都不會有任何質變，「急速冷凍」可以說是最理想的食物保存方式。

在歷經兩年的時間裡，我們陸續推出了可以用來做菜，也可以簡單拌麵的「鮮拌醬料包」、同時也推出幾種「成菜」，解凍後簡單加熱就可以上桌食用。

我們也嘗試挑選一些熟悉的老店，跟老闆溝通理念，並跟他們一起將一些有特色的菜，製成冷凍食品，方便大家在家裡即可吃到「名店名菜」。

傳遞美味、選材惟好、注重健康，是我們進入食品產業的初心，也是我們的信念。

冷凍醬料做美食

程安琪老師研發的冷凍調理包，讓您在家也能輕鬆做出營養美味的料理。

 冷凍醬料的 5 大優點

省調味 × 超方便 × 輕鬆煮 × 多樣化 × 營養好

選用國產天麴豬，符合潔淨標章認證要求，我們在材料和製程方面皆嚴格把關，保證提供令大眾安心的食品。

 三友官網

 五味八珍的餐桌官網

 五味八珍的餐桌 FB

 程安琪鮮拌味 FB

 程安琪下廚 40 年 FB

五味八珍的餐桌 LINE @

聯繫客服 電話：02-23771163 傳真：02-23771213

冷凍醬料調理包

香菇蕃茄紹子

歷經數小時小火慢熬蕃茄，搭配香菇、洋蔥、豬絞肉，最後拌炒獨家私房蘿蔔乾，堆疊出層層的香氣，讓每一口都衝擊著味蕾。

雪菜肉末

台菜不能少的雪裡紅拌炒豬絞肉，全雞熬煮的雞湯是精華更是秘訣所在，經典又道地的清爽口感，叫人嘗過後欲罷不能。

麻辣紹子

麻與辣的結合，香辣過癮又銷魂，採用頂級大紅袍花椒，搭配多種獨家秘製麻椒配方，雙重美味、一次滿足。

北方炸醬

堅持傳承好味道，鹹甜濃郁的醬香，口口紮實、色澤鮮亮、香氣十足，多種料理皆可加入拌炒，迴盪在舌尖上的味蕾，留香久久。

冷凍家常菜

一品金華雞湯

使用金華火腿（台灣）、豬骨、雞骨熬煮八小時打底的豐富膠質湯頭，再用豬腳、土雞燜燉2小時，並加入干貝提升料理的鮮甜與層次。

靠福・烤麩

一道素食者可食的家常菜，木耳號稱血管清道夫，花菇為菌中之王，綠竹筍含有豐富的纖維質。此菜為一道冷菜，亦可微溫食用。

3 種快速解凍法

想吃熱騰騰的餐點，就是這麼簡單

1. 回鍋解凍法
將醬料倒入鍋中，用小火加熱至香氣溢出即可。

2. 熱水加熱法
將冷凍調理包放入熱水中，約2～3分鐘即可解凍。

3. 常溫解凍法
將冷凍調理包放入常溫水中，約5～6分鐘即可解凍。

私房菜

純手工製作，交期較久，如有需要請聯繫客服
02-23771163

程家大肉

紅燒獅子頭

頂級干貝 XO